〔意大利〕乔苏埃·卡尔杜齐 ◎ 著

王连文 ◎ 译

青春的诗

海峡出版发行集团 海峡文艺出版社
THE STRAITS PUBLISHING & DISTRIBUTING GROUP   Haixia Literature & Art Publishing House

图书在版编目(CIP)数据

青春的诗/(意)乔苏埃·卡尔杜齐著;王连文译. －福州:海峡文艺出版社,2017.8(2023.9重印)
(诺贝尔文学奖大系)
ISBN 978-7-5550-1187-3

Ⅰ.①青… Ⅱ.①乔…②王… Ⅲ.①诗集－意大利－现代 Ⅳ.①I546.25

中国版本图书馆 CIP 数据核字(2017)第 144606 号

诺贝尔文学奖大系

青春的诗

［意大利］乔苏埃·卡尔杜齐　著　　王连文　译

责任编辑	邱戊琴
编辑助理	王清云
出版发行	海峡文艺出版社
经　　销	福建新华发行(集团)有限责任公司
社　　址	福州市东水路 76 号 14 层
发 行 部	0591－87536797
印　　刷	福州俊丰彩印有限公司
地　　址	福州市晋安区鼓山镇鼓一村福光路 189 号
开　　本	889 毫米×1194 毫米　1/32
字　　数	164 千字
印　　张	7.25
版　　次	2017 年 8 月第 1 版
印　　次	2023 年 9 月第 3 次印刷
书　　号	ISBN 978-7-5550-1187-3
定　　价	41.00 元

如发现印装质量问题,请寄承印厂调换

颁奖辞

瑞典学院常任秘书　C.D.威尔逊

本年度获得诺贝尔文学奖提名的诗人与作家可谓众矣，瑞典文学院于其中选择了一位伟大的意大利诗人，长期以来，他一直为敝院及整个文明世界所有目共睹。

殆自古时候起，北方人便为意大利的历史文化和艺术珍宝，以及其和煦宜人的气候所吸引，自北方来到这里，直至那永恒的罗马，才驻足下来，正如意大利的统一也以此地为终点。然而，在抵达罗马以前，该国他处的风光也无不令旅行者们流连沉醉，其中便包括位于亚平宁山群山中的伊特鲁里亚城市博洛尼亚。关于这座名城，我们在卡尔·奥古斯都·尼坎德的《恩佐歌集》中已有详闻。

中世纪时期，以其大学所获得的学术盛名，博洛尼亚成为意大利的文化重镇。它曾以权威的法学而闻名，如今更又以瑰奇的诗歌著称，因此，时至今日，它仍然无愧于"博洛尼亚的教诲"这一俗

1

谤。就目前而言，它在诗歌上最荣耀的成就，则来自本年度诺贝尔文学奖的获得者乔苏埃·卡尔杜齐。

1835年7月27日，卡尔杜齐出生于意大利托斯卡纳大区西北的卡斯特尔罗。对其童年和青年时代的回顾，卡尔杜齐本人有过生动有趣的讲述，且有好几部文笔出色的传记也已就此着墨过。

为了对卡尔杜齐的心地和才华有一个恰切的评价，我们应当知道，他的父亲米谢尔·卡尔杜齐医师是一位烧炭党①人，曾积极投身于意大利的自由政治运动，而他的母亲则是一位知书达理的女士。

早先，米谢尔在卡斯特尔罗谋到一份医师的差事，诗人因而在托斯卡纳的玛雷玛度过了幼年的时光。他的拉丁文受业于乃父，这使得他对该语言的文学如数家珍。虽说卡尔杜齐后来对曼佐尼②的观点多有批判，但在此之前，他的父亲对这位诗人的崇拜对他有着深远的影响。自彼时起，他便开始习读《伊利亚特》与《埃涅阿斯纪》、塔索的《被解放的耶路撒冷》、罗林的罗马历史著述，以及梯也尔的法国革命论著。

在那个铁血激荡的年代，可以断言，这位年轻诗人已然开始将一切既往与将来之事物，熔铸于其熊熊如火焰一般的想象力中。

很快，他便成长为一位小革命者。据其人自述，卡尔杜齐曾于儿时的游戏中，与兄弟朋伴组建过由9人执政官或护民官治理下的"共和国"，且时常为国事吵得不可开交，种种"革命"与"内战"也在这个小国度中时有爆发。他曾以石子击退过即将跨过卢比孔河的"恺撒"，因而挽救了"共和国"，继之又在翌日的较量

---

① 争取意大利统一的秘密政治社团。
② 曼佐尼（1785—1873），意大利浪漫主义诗人。

中，被那位"恺撒"大大地还以痛击。

自然，这不过是儿戏，然而卡尔杜齐其后对共和制的强烈同情，却于此可见一斑。

1849年，卡尔杜齐举家迁至佛罗伦萨，进入一所新学校念书。在那里，除却必修课程，他首次接触到了列奥帕尔迪、席勒和拜伦的诗作。此后不久，他便开始了自己的诗歌创作，写了一些讽刺性的十四行诗。其后，在比萨的高等师范学校里，他以饱满的精力完成了自己的学业，去圣米尼阿托当了一名修辞学教师。由于他将自己的激进思想表现得过于锋芒毕露，以至于大公国政府不得不撤销他竞任成功的阿雷佐小学校长一职，于是他便去了庇斯托亚，在中学里教授希腊文。后来，他获得博洛尼亚大学的教席，并成为那里的一位学界耆宿。

这便是卡尔杜齐大致的人生轨迹，倾其大半生，不可谓没有抗争存于他的命途中。有一段时期，他甚至被撤去了在博洛尼亚大学的教席，还几番涉身于同几位意大利作家的论战中。且就个人命运而言，他也是经历过一些悲剧的，尤其令他心痛者，是兄长但丁的自杀。好在，家庭与天伦之爱给了他莫大的慰藉。

为意大利争取自由的斗争，是贯穿卡尔杜齐感情发展始终的线索。他是一腔热忱的爱国者，全副心灵都系于此。即便阿斯普罗蒙特和曼塔那的战事失利令他痛心疾首，即便新组建的议会政府让他倍感失望，诗人对于爱国事业的赤子之心却始终拳拳未变。

任何可能阻挠意大利走向统一的情况，对他而言，都不啻为酷烈的煎熬。为此，他甚至觉得急不可待，而对一切外交上的蹉跎予以强烈谴责。

与此同时，他的诗歌也如花朵一般进入了盛放的时节。虽然他亦多有优秀不刊的史学和文艺论著，但我们首先应当给予关注者，却是他的诗歌，因为这才是令他实至而名归的最显著的成就。

如其集子的名目所云，《青春的诗》（1863）所包含的，是一些他在19世纪50年代创作的篇什。其特色大致有二：一者是古典文学的余韵，多有向日神阿波罗与月神狄安娜的吟咏鼓呼；另一者为爱国主义的基调，对阻碍意大利走向统一的天主教权的极力憎恶。

他对于教皇极权主义的痛恨是如此强烈，乃至他在歌声中，不停地呼唤着古罗马的宏大意象、法国大革命的光荣场景以及加里波第和马志尼的英雄形象。在另一些时候，他忽而又悲观起来，痛心于意大利形势的日渐颓坏，为古时的美德与伟业所遭受的玷污而忧愁，无以复加地陷入绝望。

此种苦闷，可以作为卡尔杜齐对其他一些诗人和作家加以抨击的注脚。他论战的笔力是异常刚猛的，但于《青春的诗》中，我们也可以见到一些如歌颂维克多·伊曼纽尔①之类的积极进取的诗作。此诗作于1859年，意奥之间的战事迫在眉睫，他在其中对高举意大利统一旗帜的君主给予了热烈的褒扬。

这种爱国主义的情愫，也宣泄于十四行诗《马根塔》和诗篇《公民表决》中，他再度申明了自己对伊曼纽尔二世的钦佩……然而，在《青春的诗》一集中，称得上最优美的，也许是献给萨伏依的十字架的那一首……

乃后的集子《或轻松、或严肃的诗》（1868），包括了他在19世纪

---

① 伊曼纽尔二世（1820—1878），撒丁国国王，后来成为意大利国王，支持加里波第的统一运动。

60年代的诗作，其中多少可以听见一些忧伤的曲调。卡尔杜齐的怨望，多半是为罗马的久攻不下而发，但也掺杂着其他一些政治事件令他所产生的遗憾，他曾一度对之抱有极高的期许。不过，这部集子仍然不乏华美之作。14世纪诗歌于诗人的影响是如此深远，以至我们可以从其诗篇中听见彼一时代的余响，如《白党诗人》与庆贺意大利王国成立的那一首，令人如闻韶乐。

在《新的诗》(1877)和三集同名的《野蛮的诗》(1877—1889)中，卡尔杜齐的抒情诗作臻于成熟，在风格上进入了尽善尽美的境地。于前一集中，往日那挥动火与剑战斗着的、笔名署作伊诺特里奥·罗慕诺的狂狷的诗人不见了，反之，他的曲调倏然一变，为世人唱起了另外一种恬淡平和的歌子。序作《致诗歌》便极富乐感，完全称得上是一首真正道尽了诗歌之美的赞美诗，其尾声也大有卡尔杜齐本人的风骚……他对于自己的心性有了更多的了解，并将其喻作第勒尼安海。他不再一味地沉浸于悲愁，在那首迷人的《玛雷玛牧歌》中，喜悦之声令人陶然沉醉，另还有怀念雨果的《清晨》，以及那一组可爱的题为《古希腊之春》的诗歌，莫不教人读之口舌生香。

《怒潮》一组，由一系列十四行连篇而成，抛却价值不论，却难得地将卡尔杜齐对于法国大革命的钦慕之情吐露无余。

诗人的大成之作，无疑当属《野蛮的诗》。这三部集子，其一发表于1877年，其二发表于1882年，其三发表于1889年。世人对于这部作品的形式多有訾议，有些是不无道理的。

卡尔杜齐虽然亦采用古典诗歌的韵律，但他却对之进行了彻底的改造，这让那些对古典诗歌熟悉的人也听不出其原本的韵律。

另就诗歌的内容而言，也达到了登峰造极的地步。其人的天才，以前所未有的高度，呈现于《野蛮的诗》的某些篇什之中，仅以优美动人的《米拉马雷》和感人至深的《秋晨的站台》两首，便足以说明一端。催发这些诗作的，只有那至高的才思与至深的灵感了。《米拉马雷》叙说悲惨的大公马西米利亚一世以及他那短暂凶险的墨西哥之行，既不乏生动的自然意象，也大有悲沉的戏剧格调，在其中，诗人流露出一种在面对奥地利题材时少有的慈悲。而且，在《有韵或有节奏的诗》(1898)当中，那一首为伊丽莎白女皇的悲惨命运而创作的优美诗篇里面，此种情感再次流淌于他的笔端……

　　这样一种激昂又含蓄的诗才，足以令人找到一些矛盾，对他的指刺与褒奖亦因此同时而至。然而，这丝毫不能影响我们对诗人的评价，卡尔杜齐确乎是世界文坛至高的天才之一。试想，即便连那最伟大的诗人，都不能逃脱别人乃至同胞的非议。无疑，这个世界上是没有完人的。

　　虽说种种责难也并非完全由他倾向于共和制而发，但是，且教这位诗人保留自己的见解好了，又有谁可以因此而批评别人呢？无论如何，岁月渐渐磨蚀去了他对于君主制的痛恨，以至于他开始认为，王朝才是意大利独立统一的维系。事实上，他为此颇写过几首献与意大利王太后玛格丽特的诗。这位王太后以其年纪与德望，深受举国士女的景仰，她那富有诗意的心灵，也因而得到了卡尔杜齐辞采洋溢的赞美。在雍雅华美的《致意大利女王》以及传世不朽的《琵琶与竖琴》二章中，他采用了普罗旺斯式的起兴和田园诗派的格律，以美好深沉的礼赞向她致以诗人的敬意……以此之故，一些固执且狭隘的共和党人将其视为封建余孽，对此，诗人做出了高尚铿锵的答复：这只是一首无干于政治的作品，其旨在献与一位母仪天下的夫人，至于他本人，应当有权保留对尚存于世的意大利皇室进行思考与写作的自由。

至于他与朋党之间的龃龉，其起因皆不在此。那些不合与其说是出于政治，毋宁说是出于宗教，因为他对于基督一向有着过激的讥刺，且汲汲于异教信仰。这种态度，可见于他早年所做的《撒旦颂》中。

人们对于诗人与基督为敌的态度的批判，确有其道理，他对此也在《声明与战斗》之类的文章中做了辩护，虽说仍不得大家的谅解。然而，察其当时情势，卡尔杜齐的这一立场却也不难于理解。

至少，这种异教信仰在新教徒们来看，是可以理解的。作为激进的爱国者，他有很多理由，可以将天主教当作阻挡意大利走向自由的恶势力，这与他的梦想势如水火。以至于，他甚至将基督等同为天主，混淆了彼此的教义，将酷烈的怨谤加诸前者身上。

他有另外的一种宗教情怀，流露于其另一些诗篇中。如《栗粉粥教堂》一诗的结尾，便与《在哥特式教堂里》形成了有益的对照，对此我们是不可不察的。

而至于那首大逆不道的《撒旦颂》(1865)，倘有人将之与波德莱尔的诗歌并作一谈，同斥为有害无益的"恶魔崇拜"，那么，这对卡尔杜齐便实在有失公允。其实，卡尔杜齐在其中所谓的"撒旦"，只是一个选择失当的称谓，究其本义，当指"金星"，即那预示着人间光明的、向来被视为变革先驱的、抗争一切清规戒律的象征。不过，在这样一首批判苦行主义的诗作中，夹入对季罗拉莫·萨佛纳罗拉①的赞美，还是教人不知所云。《撒旦颂》中的这类抵牾不在少数，以至于，诗人新近已幡然否定了这一整首诗，称其不过只是"粗鄙的俚曲"。如此看来，对此的纠缠大可以宣告结束了。

卡尔杜齐既得古典文学的滋养，又深受但丁、彼特拉克二诗人之遗泽，善文而通史，对于此等诗人，我们实在难以将其归类。他的主义，并非传统的浪漫主义，而是师法自古典理想和彼特拉克情怀的人文主义。虽然人们对于他的批判有失有得，但无可否认，他从未在爱国主义和自由精神的立场上有过偏离，也从未对庸俗事物和声色之欲有过妥协，他的灵魂，是为至高的理想所化育的灵魂。

就卡尔杜齐对于诗歌之美所具备的天才的表现能力而言，我们认为，他最值得被授予诺贝尔文学奖。

以此，瑞典文学院谨向这一位蜚声环球的诗人致以隆重的敬意，在其母国赋予他的褒奖之外，再度献上来自敝院的景仰。此前，意大利已将卡尔杜齐选举为参议员，并授予他足量的终生俸金，以作为其人为该国所赢得之荣耀的投赠。

---

① 一位被绞死的清教徒牧师。

致答辞

（获奖当年，卡尔杜齐因瘫痪在床，未能亲赴斯德哥尔摩参加颁奖典礼，故没有正式致答；只是在秘书的协助下向瑞典学院寄来答谢信件。）

目 录

青春的诗

我的航船^①

我的航船，孤孤单单
穿过哀鸣的鸥群，
巨浪撞击它四围的船身，
天空雷鸣电闪，不曾间断。

虽竭力周旋，希望却被风浪击散，
带着满面的泪痕，
我回想起往昔美丽的海滨，
如今它化为泡影，破碎在海面。

然而，我的心却在频频回首
向船尾的天与海张望，我放声歌唱，
声音高过桅杆的轧响和狂风的怒吼：

"啊，怎样的回想与失望，
请给我们深暗的可以忘忧的港口，
请带我们向白色的死亡礁岩前往。"

----

①原十四行诗未有标题，为译者添加。

3

空中的香客，你喁喁欢叫着①

空中的香客，你喁喁欢叫着
在冬雨②来临前飞去南方，
路过尼罗大河与移植自意土的玫瑰花香，
前往故国寻找你旧日的巢窠；

不管路过多少美妙的景色，
你娇小的心里都装着那样一点忧伤，
即使飞过无垠的大地与滔天的海洋，
你都不曾忘记自己最初的老窝；

当你路经亚平宁，
路经那面朝大海的山峦③，
看见墨色橄榄树与白色大理石的风景，

请你将山谷那座小屋和花园探看，

---

①原十四行诗未有标题，为译者添加。
②地中海气候的雨期在冬季。
③指诗人故乡的维尔西利亚山，其西坡面朝大海，以出产大理石与橄榄而知名。

若蒙它的新主人答应，
香客啊，请代我向它问安。

致恩里科·南乔尼[①]

此间有明亮的晴天、愉快的傍晚，
密林间吹过阵阵清风，
向着山脚苍翠的小径
自山巅流下一道淙淙的清泉。

伴着晚霞，长庚星出现，
闪耀于深邃安宁的天穹，
幽静的小路上，皓月当空，
将其快活的影子映入泉水与小小的湖面。

一切如我所想。我盼望
由我安然地陪伴你
将这静好的山水游赏。

这般安静：我呼喊，心里只有你，
现在你身在遥远的地方，
我只将我爱的女子的音容惦记。

_____

①诗人青年时的同学，为诗人在锡耶纳附近度假时所作。原十四行诗未有标题，
为译者添加。

致某山民诗人

你在一只奶桶中出世，
并在那里练习写诗，
你的韵脚生硬如石头，
砸开胡桃毫不费力气。

就连小丑和毛驴
都对它们生疑，
平底锅笑翻了盖子，
大桶将牛奶吐了一地。

你以粗喉大嗓吟咏着
洋洋得意地登上平多高地；
但阿波罗却示谕，做个无赖正适合你。

你跨上驴子，
领着一个马熊一样的仆役，
向诗家进驱。
你将小暖炉抓在手里

正要向对手发起攻击，
却被那粗鲁的蹇货掀翻在地，

"我们当平坐平起。"
你翻来覆去，声如驴嘶，
"牲口不将牲口骑，谁让我们是伙计。"

或轻松、或严肃的诗

撒旦颂

一切生命皆来源于你，
你是最初的肇始，
精神和物质从你源起，
你缔造了情感与理智。

当美酒盛在杯里
芳香扑鼻又光彩四溢，
透过眼底，
如人的灵魂般美丽；

当阳光普照着大地
发出欢声笑语，
当人们以爱的字句
彼此倾吐心意，

当群山高歌欢喜
在大地秘密的怀里，
当丰美的野地

因新生而感到痛悸；

于此时候，我要斗胆
向你献上这诗行，
请你，啊撒旦，
主宰这狂欢的盛宴。

神甫，你的施洒和咒语
只是白费力气，
因为，面对你
撒旦绝不会退让毫厘。

看米迦勒，那位大天使，
他手上神圣的剑戟
带着斑斑锈迹；
他被扔下天庭的城池，

失掉了羽翼，
灰心丧气地死去。
连耶和华手中的闪电，
也不再滚烫如昔。

星光奄奄一息，
群星零落如雨，
列位天使
自天穹上跌落在地。

万物不曾眨眼，
一切都被它们看见，
所有眼前所见、手造诸般，
尽已由这仅存的

伟大的撒旦执掌王权。
他黑色的双眼
有君主的威严，
射出一道颤抖的火焰，

时而光芒黯淡，
将一切示好者拒之遥远，
时而泪光闪现，
充满蛊惑，又果敢。

葡萄佳酿里

有欢喜闪烁于他眼底，

抓住须臾的欢乐，

他令它无法逃去。

他令日子

停留在别离的前夕，

他将痛苦驱离，

把爱情种在心里。

创造者，啊撒旦，

你住在我的诗行间，

于我胸中大喊

对上帝、列位主教

以及不仁的王权

发起了挑战；

你如一道闪电

将他们震得心惊胆战。

因为你，阿多尼斯①、

———————
①腓尼基传说中的自然神，为死而复生的植物的化身。

14

阿利曼①与阿斯塔忒②的庙宇里

才有了石像，

才有了图画和诗句。

才有了暖风徐徐

在爱奥尼亚海上吹起，

才有了维纳斯

从波浪间缓缓站起。

因为你，高大的香柏树

在黎巴嫩③的山间长起，

美丽、公义的塞浦里斯④

被高举为爱之神祇：

人们将歌舞狂欢献于你，

贞洁的处子，

在爱情的火坛里，

将自己献作焚祭，

---

①波斯传说中的魔王。
②腓尼基传说中的丰收女神，司掌爱情与婚姻。
③旧地名，指如今的叙利亚地区。
④Cypris，爱神维纳斯的别称，为同下文"塞浦路斯（Cyprus）"相呼应。

以东①的棕榈枝
随风摇曳在清香里，
塞浦路斯的海岸
洁白的泡沫泛起。

那个野蛮的拿撒勒人②
何以大发脾气，
以荒唐的爱之筵席③的
粗鲁的仪式，

以祭司的火炬
摧毁了你的庙宇，
将希腊一切天赋的珍奇
统统打翻在地？

虽被放逐走远，
你却并非孤立无援，

①旧地名，指如今的巴勒斯坦地区。
②指耶稣。
③主后最初的几个世纪里，基督徒为纪念最后的晚餐而例行的一种宗教餐会，被异教徒指责为过于注重吃喝。

在那炉火边，
人们为你戴上神冠。

你徘徊流连
在一位女子的胸怀间；
如恩主与良人
她企盼你的出现；

因不绝的哀戚
巫女变得苍白无力，
对虚弱的自然
你施以援助的手臂。

炼金术士愚钝的眼皮，
你将其上的封印除去，
透过你，巫者们
才得见一切奥秘。

越过修道院晦气的四壁，
有一番美丽的新天地，
从未有人梦及，
展现于明亮蔚蓝的天底。

你的能力
借一切得以展施，为躲避你
那位凄凉的修士
逃往忒拜之地。

啊，这一个灵魂
已将一切所爱放弃，
就让海洛伊丝①来告诉你
撒旦对你多怜惜。

你饿着肚皮，衣衫褴褛，
徒劳地唉声叹气：
你所吟咏的大卫的挽歌里，
正是他使之杂入了

你从前遍寻不着的
维吉尔②与贺拉斯③的张力：

①哲学家兼神学家彼得·阿贝拉尔（1079—1142）的恋人，由此可见，上文所称"那位凄凉的修士"以及下文若干节中的"你"，俱是指这位理性的哲学教师和桀骜的神甫。
②维吉尔（前70—前19），古罗马诗人，吕柯梨丝为其诗作《牧歌》中的女子。
③贺拉斯（前65—前8），古罗马诗人、文艺批评家，利切拉为其诗歌中的女子。

在环绕你的黑衣修女中，
他令希腊女子

神奇地浮现于你眼底：
较玫瑰色的清晨更其美丽，
他带来了利切拉，
他带来了吕柯梨丝。

方丈斗室里，你不眠的双眼
也时常看见另一些人物，
他们由他差使
来自那从前美好的日子。

以李维①的篇什，
他将勇敢的护民官、执政官唤起，
并广场上吵闹的庶黎，
将他们带入新的时代里。

僧人②啊，是他的信念，

①托蒂·李维（前59—前17），古罗马历史学家，亦有哲学论著和诗作。
②指阿贝拉尔的学生阿纳尔多（生年不详，卒于1155年），其主张宗教改革，支持人民反对教皇，政治上倾向于罗马共和国。

那对于母国的自豪之感，
驱使着你
向坎皮多里奥①登攀。

还有你们，
威克里夫②和胡斯③，
烈火都不能将你们抹去，
你们的话语

如审判的号角在风中吹起，
昼夜不息：
"旧时已去，
新时将至。"

如今，那滚烫的闪电
已临到一切教冕与王冠，
自那修道院

①罗马七丘之一，其意义略同于如今美国的国会山。
②威克里夫（1324—1384），英国宗教改革家。
③胡斯（1369—1415），波西米亚神学家，威克里夫的支持者，最终被处以火刑，威克里夫的尸骨也一并被焚烧。

传来声声低吼的反叛:

我们伟大的佛罗伦萨先贤,
那是萨佛纳罗拉①在大喊,
声音如豪雨一般,
没有羁绊,没有局限。

那一位路德②
如何将他的教袍脱去;
啊,你也当照样
将头脑中的旧锁链拆去!

他在光亮中闪着光亮,
他将火焰披挂在身上!
世界燃烧于一片辉煌,
伟哉撒旦,他已打了胜仗!

一个怪物,一个妖魔

①季罗拉莫·萨佛纳罗拉(1452—1498),多明我会修士,佛罗伦萨宗教改革家。
②马丁·路德(1483—1546),16世纪欧洲宗教改革的发难者,于1524年脱下教袍,与一位修女结婚。

已被从大地上释放，
它穿过了森林，
它跨越了海洋。

如尖耸的火山
喷发着火焰与滚滚浓烟，
它掠过山巅，
它席卷平原。

它飞至山涧
向下俯冲着
隐匿于黑暗的岩峦
进入深渊。

它又一跃而上：
由海洋的此岸飞至彼岸，
如咆哮的回风一般，
带着巨响，

带着急喘，
它以雷霆之声呐喊：

"万民啊，是伟大的撒旦
飞过这高天，

"他带着喜讯
从这地飞到那地，
面对他飞驰的火轮①，
没人能站稳脚跟。"

伟哉啊，撒旦，
啊，你这造反的撒旦！
啊，你这理性的
复仇的力量之源。

看呐，我们的祭牲
已经献在你的坛上！
你胜过了一切教士，
耶和华已经阵亡。

_____

①为新发明火车的暗喻。

阿诺河^①谷

托斯卡纳^②的山冈啊，别来无恙，
你将我的诗歌养育，
在晴朗的日光和月桂树荫里，
它曾如汩汩的溪水，流淌自我心上，

我的眼泪却不来自那个地方。
如今，一切已经过去，
当你微笑着将头颅扬起，
我便看见我的兄弟，他站在高冈上。

你所擎起的希望是如此甜美！
似乎我们甫一挥别过去美好的从前
便飞入了未来壮阔的高天！

课业冗繁，我已将失落和忘却习惯，

①意大利的主要河流之一，经佛罗伦萨再由比萨入海。
②意大利二十个大区之一，位于中部，首府为佛罗伦萨。1857年11月4日，诗人的哥哥自杀身亡，葬于托斯卡纳的山下；次年，诗人的父亲也葬在那里。

24

可怜他才二十岁
便已永在青草的大地里沉睡。

致入侵墨西哥者

这暴戾之君所寓居的会馆，
这痛苦不堪的群氓的牢笼，
在那暴政的熊熊炉火中，
没什么人能够幸免于难；

欧罗巴，你的旗帜下面
仍然纠集着死亡与蛮凶，
你美丽的自由尽已落空，
它们如同虎兕出柙一般。

凶主西班牙，恶仆法兰西，
满世界做着生意的英吉利
已备好舰船同你们打一架。

那个晦气皇帝①将站在阶下

①指哈布斯堡大公马西米利亚诺（1832—1867），1864年4月，他从的里雅斯特出发前往墨西哥做皇帝，遭到当地阿兹特克人的抵抗，于1867年被杀死。该诗为抗议法国、西班牙于1862年入侵墨西哥而作，诗中对西班牙皇帝的预言于日后应验。

把人口与土地拱手献给他。

多神气，觉醒的人们将创造新天地！

新的诗

与树木的交谈

你这凌立于峭壁或悲伤的原野、
形影相吊的树种，自你高贵优雅的枝子
被用以妆点来自城里的愚蠢的破坏者的前额，
皱眉苦思的橡树，我便不再爱你。

你这不着花果却又无比做作、
傲慢无礼的树种，虽然你以徒然苍绿的叶子
将凄冷的冬天或是罗马暴君的秃头嘲弄着，
洋洋自得的月桂，我不再倾慕你。

我爱你，葡萄树，因你可以榨酒，
你繁茂的枝叶在褐色的岩石间欢笑开怀，
你所预备的杯足以教我们忘却生活之忧；

但我更爱你，松树：你的木头
将围作四壁，做成一只打磨光亮的棺材，
将我内心幽暗的沮丧和无果的挣扎关闭起来。

耕　牛

神圣的耕牛，我爱你：
我的心因你而感受到平和与力量。
你凝望着丰美广阔的牧场，
如一方肃穆的碑石。

你坦然将耕轭负起，
对于代人受劳之事怀有如此热肠！
任其吆喝鞭笞；你只要更多赞赏，
缓缓转动智慧忍耐的眸子。

自宽大潮湿的黑鼻孔喷射，
你的喘息有馨香之气；在愉快的重压下，
你的哞叫有如空中的一支颂歌。

你蓝色的美丽的大眼如此亲切，
这美妙的宁静的绿野如画
映照在它们深处，安详又广大。

夭 折①

在那低矮的鲜花盛放的托斯卡纳山间，
你挨着我们的父亲沉睡的地点；
从你的坟茔里，你可曾听见青草中
那嘤咛的哭泣声？

那是我的孩童，前来叩响你孤寂的门庭，
他和你有同样的教名：
从前你认为生活是如此艰难，艰难不堪，
如今，他也以同样的理由早早离开人寰。

啊，并非如此！在那阴影将他刺死、
送入你们寒冷凄凉的那边之前，他只知道
在花朵中嬉笑，那里有明亮的梦将他光照。

啊，好兄弟，请接纳他进入你黑暗的府邸，
否则，他会向着温暖的太阳转过头去，
哭着将他的妈妈呼喊。

---

① 诗人3岁的儿子但丁夭折于 1870 年 9 月 9 日，至此诗的写作日整两个月。

菲耶索莱镇^①

自其发轫的山上瞭望，
菲耶索莱结束在市津繁华的地方，
阿诺河如凝滞的白练，听从钟声的召唤，
方济各修士队如鱼贯。

伊特鲁斯卡石墙破破烂烂，
坑洞中的蜥蜴不知疲倦地瞪着痴痴的双眼，
疲倦的风吹过一丛柏树，如泣如诉，
天色尚早便已有几分孤独。

然而，自弯月形的山冈向平原以降，
那快活的钟楼占尽了风光，
它漂亮的尖顶，将意大利托入苍穹。

啊，米诺^②，大自然借你的手艺得以重生，
从永恒中，向鬈发蓬蓬的孩童、
处子和母亲绽放出笑容。

---

①托斯卡纳地区的一个小镇，诗人于1870年3月来过这里。
②米诺（1431—1884），雕刻家，菲耶索莱镇人氏。

天使们的圣玛利亚

弗朗西斯弟兄，在你的安寝之地，
你赤身露体、两臂交叉、痛苦躺卧的天底，
维尼奥拉①美丽的穹顶
是如此巍然高耸，这般气势恢宏！

炎炎七月，原野如新妇迎来劳动大众，
它的天空漂浮着爱情的歌声。
在这翁布里亚②的歌子里，我听出你的母语，
你的面容浮现于这翁布里亚的天际！

你将一缕温和又孤寂的光芒
倾注在那一座矗立于地平线的山村上，
它来自你洞开的天堂，

因此，我可以看见你——双手高举，眼望上帝，

---

①艾米利亚－罗马涅大区的一个镇，诗人于1877年7月前往圣弗朗西斯的故乡阿西西市时，曾游历至此。
②意大利中部的一个大区，首府为佩鲁贾市。

大声疾呼："荣耀归于我主！
为我们的肉身已死，我们的姐妹已死！"

即 景

冬日的天空向晚，
那一度胜过了阴霾的光源正被点滴推翻：
温柔的犁头在长长的沟垄中战栗，
夕照里，耘过的土地带着欣然的绿意。

安然荣美的波河渐行渐远，
明乔河①上粼光闪闪：
我的灵魂忽然将白色的梦的羽翼张起
向着那翩翩妙想飞去。

在安详的莫格娜仙子甜美柔和的荣光中，
朦朦胧胧，那幼年的光景
浮现于我的心灵：

它没有过往，也没有悲伤，
只是像一座绿岛透过一团珍珠般的光芒
自远处与平静中映像。

———————————
①意大利北部山区的一条河流，汇入波河。

史诗般的时刻

再见吧，美丽丰富的博洛尼亚①！
再见，你们这野地里起伏的黑亚麻；
再见，你们这排着队伍长长
在夏日傍晚的风中摇晃的白杨！

史诗般的费拉拉②就在前方。
它有宏大的殿堂，高大的城墙，
那银色的波河，倒映着金色的野花
一路欢歌流向它。

啊，这大地上孤独的河堤，
是埃莉亚迪③在那里啜泣；
我并不为之惋惜，你们淹没于这黑暗。

这景象如史诗一般陈于我的面前，
它将彤红的翅膀舒展，
我心的幻想，便如太阳般死而复燃。

---

①艾米利亚－罗马涅大区首府，位于其中部。
②费拉拉省的首府，因阿里奥斯托、塔索等诗人在此工作过，所以说"史诗一般"。
③神话中太阳的女儿，因为其妹妹溺于波河而痛哭不止，化为杨树。

过玛雷玛①

心爱的故地，你荒凉的魅力已嵌入我生命里，
你曾激发我慷慨自由的诗歌，
我的心曾对你既是爱着，又是恨着，
如今瞥见你——我的心跳便再次加剧。

我认得那些山脊，它们的模样一如往昔；
那些梦，许久之前我曾做过，
如今又教我半是笑着，半是哭着；
那迷惑的年少的光景也向我蜂拥而至。

啊，我的一切所梦及所爱不过是徒劳！
我如何奔跑，都不能达到那目标：
我将跌倒在明天。虽然这般，

那在你的远方的山头上翻转的云团，
那在清晨的细雨中你的原野的微笑，
都对我那为暴风雨所苦的灵魂说，你当安然。

---

①诗人乘火车经过少年故地玛雷玛时所作。

圣马蒂诺①

细雨渐渐蒙上群山
一切山峦皆隐去不见；
北风暴烈地扬鞭
抽打海洋，如大地般灰暗。

而郊区市井间
自那热烘烘的木桶旁边
却飘来浓浓酒香，
掺杂着节日的狂欢。

滋滋的烤肉在炉台上旋转，
木柴腾起噼啪的火焰，
猎人站在他的门边，
吹着口哨，将这一切观看，

一群玄色的候鸟
辗转穿过红色的云团，

---

①意大利北方的一座小镇。

思想也是这般

被逐出了养育它们的心田。

一支老哀歌

我亲爱的孩子，
以童稚的好奇
你曾喜欢指着那棵石榴树①，
它带着灼灼的红花

孤零零生在花园里
是那般嫩绿，
如今，六月的光热
又令它焕然眼底。

如这花朵一般
你也曾开在我老朽的树干，
我的日子曾因你快活，
我最后的安慰，唯一的心肝，

如今，你已在黑暗、

①诗人在博洛尼亚的居所窗前，有这样一棵石榴树。此诗同样是为夭折的儿子但丁所作，对此，他在一封致友人的信中说："我的全部幸福、希望和未来，我都将之寄托在了这个孩子身上……"

冰冷的泥土中永远安眠；
任阳光或是爱念，都不能为你
打破那寒冬的夜晚。

乡 思

潮湿的彤云漫卷，
涌上湛蓝的天边；
狂风呼啸而来，
翻过亚平宁高山。
啊，若这回风是吹向北面，
我希望，它可以将我的思念
带去托斯卡纳，
带去那可爱的故园！

这并非是为了
彼间亲朋的好心或笑脸：
向日欢笑于阳光下，
他们或已老练，或已长眠；
也并非是为了
那山地上的葡萄或橄榄：
虽然，我要攀至它喜悦的山间，
登上它丰饶的高山。

这城市的胜迹
乃在那些美妙的歌曲①，
我所向往者
是它大理石阳台上的闲逸！
那里少有荫翳，
只望见一些不幸的人
在平地上立下不祥的十字，
坐着马车匆匆离去。

那里的春日，鲜花遍地，
但于我却是悲戚，
雷电骋掣我的思绪，
将它重又带回到那一片天地：
我飞在昏黑的天空里
向那故国望去，
随之而来的一声霹雳
令我跌入谷底。

---

①此处"歌曲"及下文"大理石阳台"，分别代指托斯卡纳的精神与物质文化成果。

陶立克式①

你可曾听人说起，为爱奥尼亚海所沐浴，
因他最后、最芬芳的亲吻而战栗，
伽拉忒亚②嬉戏于其碧海而阿喀斯徜徉于其群山的
那一座岛屿？

那一座岛屿，于埃里切③山顶的密荫里，
永恒不朽的阿佛洛狄忒④高卧起居、将一切统治，
所有光辉的海岸无不因她的爱抚而欢悸，
你可曾听人说起？

爱呀，爱呀，青草与群山唱着这歌曲；
当那位少女⑤自地狱回到她流泪的母亲刻瑞斯那里，

———————————————
① 节译自组诗《古希腊之春》，此诗为其中第二首。
② 海神涅柔斯的女儿之一，常在西西里的海滨出现。西西里岛的独眼巨人追求她没有得到回应，在嫉恨之下用巨石砸死了她的情人阿喀斯。伽拉忒亚悲痛万分，将阿喀斯变成了西西里岛的一条同名河流。
③ 西西里岛西北的一座山脉。
④ 希腊神话中奥林匹斯主神之一，为爱与美的女神。
⑤ 指冥后珀耳塞福涅，她被冥王哈迪斯从母亲谷物女神德墨忒耳（罗马神话称作"刻瑞斯"）身边带走，每年留在冥世4个月，德墨忒耳为之哀伤流泪，便有了人间的冬季。

便被报以甜蜜，她所过之处
顿时春色遍地。

爱呀，爱呀，汪洋的海水如此低语；
阿尔甫斯的告白再次在阿瑞图萨①耳边响起，
在那甜蜜欣喜的拥抱里，她从此使意大利人得到了
希腊的缪斯。

爱呀，爱呀！诗人的歌再次在城中响起；
在那陶立克廊柱旁边的集市，
欢喜若狂、佩戴花环的酒神使女们载歌载舞，
伴着希腊的竖琴。

我所神往者，既非高耸的叙拉古②也非阿卡格斯③；
虽然，那里有伟大的品达④之歌如洪钟响起、
有掩映于整整一百棵棕榈之间的

---

①海神涅柔斯的女儿之一，也是狄安娜的女伴，河神阿尔甫斯看见她在河边洗
澡，便狂热地追求她。阿瑞图萨向狄安娜求救后被变成一条河流，阿尔甫斯遂也
抛弃人形，与阿瑞图萨汇合在了一起。
②位于意大利西西里岛上的一座沿海古城。
③西西里岛西南海滨的一座古城。
④品达（约前518—前438），古希腊抒情诗人。

一座王城宫邸。

不过，内布罗迪①的群山里，
那一条以松树为冠冕、幽僻、澄澈明亮的小溪、
牧人达福尼②在其水边歌唱的山谷，
如今又在哪里？

"哦，我不想代高贵的佩洛普斯③王治理他的土地，
也不想将金银积聚，更或是
与那疾风赛跑，一较高低，
我对此全无兴趣。

"我最愿意，站在这光裸的岩壁上高歌一曲，
将你这可爱的少女拥在怀里，
看着我们洁白的羔羊在遥远的西西里海滨
吃草或是嬉戏。"

如是唱罢，陶立克小伙子沉浸于幸福里，

---

①西西里岛上的一座山脉。
②西西里传说中的牧人，为牧歌的发明者。
③宙斯的孙子，神话中古希腊运动会的创始人，传说比萨国王为给女儿挑选丈夫，
提出应选者必须和自己比赛战车，结果佩洛普斯胜出，之后继位比萨国王。

连夜莺都止住了它的声息。这海滨，
哦，如面纱蒙上希腊的灵魂，像贝雅特里齐①那条
一般洁白美丽。

以我的诗句，我要取悦你；
当正午，慵懒的青草昏昏睡去，
没有任何声响，惊动那每一道港湾乃至天际
明亮的安息，

自晴朗的群山里，我要将树木女神②唤起，
她们有善舞的双脚、金黄的发缕；
我还要招来那古老的荷马的神祇
向你的魅力致意。

希腊其他的神祇，悉已死去：他们殊不知
朽坏为何物，他们只是睡去；
或在花丛，或在山水中，或在本乡的树荫里，
或在永恒的地底。

---

① 《神曲》中引导但丁进入天堂的女子。
② Dryads，复数格式，又译作"树妖"，为希腊神话传说中活跃于森林中的一些
小仙女。

先于基督的诸神被形诸大理石，
他们早已将此法施于那些已故的纯洁的裸女；
那名叫莉娜①的诗人，只有她知道，那些花儿
何以长开不逝。

若有什么美为他们喜爱至极，闪耀于
处子脸上或是诗人手底，后者的微笑便将永存于
神圣的自然，风采奕奕，以回应人们所拼认的
其上的名字。

树木女神将舞蹈跳起，山岳女神②将仙乐奏起！
"你们芳龄几何而竟如此美丽？
可爱的姐妹，你们自哪一方神奇的土地前来呼吸
我们明净的空气？

"你明亮的眼里为何会有愁云积聚：
难道，是那塞浦瑞斯将你打击？
一切被阿佛洛狄忒妒忌的美女，

①此处或指由塞浦路斯国王皮格马利翁雕刻的石像少女阿狄丽娜，传说他对这位
少女十分痴情，最终感动了爱神阿佛洛狄忒，使之变成人形，两人最终幸福地生
活在了一起。
②Oreads，复数格式，也译作"山精"，为活跃于山岳中的一些小仙女。

都知道她是一个残忍的劲敌。

"那位埃莱娜①，她如何使众人睡去，
将忘忧的神药加在英雄们的酒杯里，
然而，这一切的秘密，都已经深深掩藏在了
地母盖亚②的怀里。

"我们要将那朵神秘的凤仙花摘来给你，
受它迷惑的人时常哭泣，
还有那珍珠，由安菲特里忒③在深远的海底孕育，
来自守财奴的箱底。

"我们要为你将那由生命所化的花朵采集，
它们熟悉每一种悲喜，
你永远不会对聆听失去兴趣，它们那久远的
爱情的故事。

"它们将告诉你，红玫瑰是如何负气
怀着对你洁白胸脯的渴望晕过去，而她傲慢的姐妹，

---

①希腊神话中缪斯的女儿。
②希腊神话中的大地之神，为众神之母。
③希腊神话中海神波塞冬的妻子。

戴在你发间的白玫瑰，又如何吹嘘
她最是爱你。

"或者，你应该随我们来到那洞穴里，
它因晶石与玛瑙的光芒而亮如白日，
在那里，经过若干个世纪，粒子与元素在舞蹈中
结合为一体。

"或者，我们将带你去溪水中沐浴，
水泽女神①所孵化的白天鹅在那里唱着歌曲，
它们银色的肚皮贴近粼粼的水面，如皎皎的月光
映在湖泊里。

"再或，你当登上那亲吻着苍穹的高山上去，
探望我们的父亲，最亲爱的宙斯，
在那里，阿波罗的竖琴声飘荡在众神之殿，连空气
都欢喜战栗。

"最后，我们回到那高高的快活的大厅里，
俊俏的许拉斯②将在这里迎娶你，
以同冰冷的死神所做的一切斗争，我们从那死亡里

---

①Naiads，复数格式，为出现于泉水、溪流中的一些小仙女。
②希腊神话中的美男子，赫拉克勒斯的朋友，在随伊阿宋寻找金羊毛的途中被水泽女神劫走。

救回了这男子。"

啊，自那你们的黄金时代结束，
忧患就与人们同时降世，争战与和平也是如此！
爱是这其中唯一的光芒，切莫要因之而将我怨艾，
古希腊的女子。

我要以那纯洁如赫西俄德①亲制的香蜜，
将那不知名的咬啮她芬芳胸脯的伤痛清洁医治，
我要借品达的竖琴，将那令她恸哭的哀戚
缓和乃至平息。

若我是阿尔切奥②，在我的颂歌里，
她的温雅的形象将更加光彩逼人，更其完美无比；
我要以神冠上不死的花朵编成花环
将她脖颈绕起。

在我的月桂树底，我要将她
放在那紫色的芳香的由风信子铺就的床榻里，
俯身贴近她的娇唇，低声絮语：
"美丽的女郎，我爱你。"

---

①古希腊诗人，大概生活于公元前8世纪。
②古希腊诗人，约生活于公元前6世纪，曾因反对独裁而被流放。

玛雷玛牧歌

当稚嫩的四月的玫瑰色的天光照入我的厅堂，
哦，金发的玛利亚，你的笑容从天而降
温暖了我悲伤的心房：

经年的飘荡，告诉它依偎在你身旁是何等甜蜜，
虽然它曾一度将你遗忘，
哦，初恋的女郎，我爱情里第一缕芬芳的曙光！

你过去身在何方？你不曾独守凄凉，待字闺房：
在你本乡的村庄，人们都认为
你是一位有福的母亲、快活的新娘；

你青春的身体、高耸的胸膛，其承诺的分量
恐怕为一位丈夫纯洁的拥抱所难以承担，
它狭隘的面纱，似乎难以将忍耐包藏。

数个儿子曾在你的胸前吃奶，他们是那般强壮，
如今他们英姿飒爽，跨在骁勇的战马上

向你居住的地方眷恋地张望。

未婚时，你曾是多么俊俏的一位姑娘，
你站在长长的隆起的犁沟中央，
将一串野花拿在手上，我曾亲眼将你端详，

你有高挑的身量，将迷人的笑容挂在脸上，
那一瞬间，你深蓝色的大眼睛于俏丽的弯眉下
向我投以明亮、腼腆的目光，意蕴深长！

如安静的矢车菊在黄熟的麦穗之间开放，
你可爱的秀发随风飞扬，一双蓝眼睛
如吐露芬芳的花朵一样；在你面前，

辽阔的夏天泛起炎炎红光：经日光晒暖的空气中，
石榴树翠绿的枝子伴着风儿摇晃，
它红彤彤的果实也随之在枝叶间忽现忽藏。

在你经过的路上，那神气的孔雀为问候它的女王，
将尾羽完全绽放，其上所有蔚蓝的眼睛无不
凝视着你的那一双，妒忌得尖叫发狂。

自从告别了那些欢乐的时光，我的日子如此凄凉，
是这样黯淡无光，是这样疲倦彷徨！
如果当初选你做我的新娘，想必应该判若云壤！

我想，我该去那荒芜的丛林中，孤寂的平原上，
去将一头流浪无主的母牛寻觅打量，
也许它正在那灌木中时走，时停，时望，

这总好过，面对这可鄙的诗行倍感汗颜。
与其苦恼着想去解开那无人可解的巨大的谜团，
不如试着将它忘在脑袋后边！

眼下，忧烦如蛆咬我头脑、破壳欲出的虫子一般，
冰冷，冥顽，令我在痛苦间
写下这些凄惨的东西，又悲语连篇。

这压力将我的精神磨穿，将我的身心压弯，
积毁可销骨，于我果不其然，
我跌倒又站起，而一切挣扎不过是徒然。

哦，连排的白杨，在清风里私语不断！

哦，那乡野的小教堂掩映于密荫中间，
自那筵席的粗木的座前，一大片

棕褐色的、犁过的土地在视线中绵延，
还有那青山，碧海上白帆点点，
而上帝所耕种收割的墓园，就在眼前！

哦，寂静的午间，人们亲密地围在一起闲谈，
至于冰凉的夜晚，
他们又聚在熊熊的炉火边，过得快活又安然！

精彩啊，多么精彩，对着满怀渴望的少年
将那些冒险的故事讲上一番，
那追捕中的种种恶战，那埋伏的敌人何等阴险，

讲到那头倒下的野猪，
用手指比画着它匕斜的伤口有多惨，
这比用抒情音韵诗大骂特里索廷①和意大利混蛋
简直要强上很远。

---

① 莫里哀讽刺剧《女学者》中的人物，是一名野心勃勃的诗人。

古典主义与浪漫主义^①

太阳如此亲切：他从不将农人的生计小看，
他的光芒照着他们，既欢快又温暖；
借着他，那金黄的禾秸
躬身于收割者的镰刀之前。

他笑着察看，棕色的肥沃的良田
被犁头劈开，切成碎片，
直到那湿润的铁片在晚霞中金光闪闪，
耕牛慢步走下渐渐犁好的小山。

他将那藏匿于其叶片之间
日渐膨大的葡萄染得热烈而鲜艳；
那深秋的醋醉的欢宴，
也同样躲不过他略已平淡、清凉的光线。

他的光芒穿透城市的浓烟，

①诗人意在以此诗表明自己对这两种主义的态度，显然，"太阳"喻指前者，"月亮"喻指后者。

58

绕过残忍的屋檐，将一位可怜的少女照见，
她的身体被工作榨干，
完全忘了自己尚在芳年，

他将她带至那兴高采烈的春天。
她的胸脯快活得打战，
听啊，她的心跳和声音被他愉快的光芒所温暖，
如欢叫腾飞的云雀一般。

然而，你这月亮，却总喜欢为
古老的废墟或悲伤的景象涂上银色的寒光；
且你素来知道，没有任何花果
可以借你虚幻的光芒成长而被收藏。

在那饥馑昏昏沉睡的地方，
你溜进叮当作响的破窗，
将他唤醒，于是他便感到寒冷
想到晨间的辘辘饥肠。

在哥特式的塔尖上，你将自己打扮得有模有样，
穿着乳白色的衣装，显得不慌不忙；

你变幻无常的光芒，
专向吟风弄月的诗人和拈花惹草的蠢货讨赏。

随后，你来到坟场：
在那里一再抖擞虚弱的光芒，
吹嘘着，任那些冢中枯骨再是苍白，
也敌不过你这皎皎的月光。

我憎恶你，憎恶你那上了浆的白色法装，
憎恶你圆脸上的那一副蠢相，
你这不育的、不贞的小小修女，
只是靠施舍活在天上。

月亮的复仇

白皙的少女，毋庸怀疑，
当黑夜将你缓缓带入梦里，
那皎洁的月亮
定然会来看望你。

月亮女神来到你的闺室，
进入你的安息，
以冰凉的嘴唇亲吻你，说：
"你是我喜爱的，白皙的少女。"

我的灵魂沉溺于
你迷人的眼里，这是何等甜蜜，
它的月亮颤抖着
挂在四月嫩绿的夜里。

当五月，木叶已经茂密，
夜莺于其中向你哀啼，
当芬芳的丛林里，

轻雾如银纱将她的清辉遮起；

她怀着洁白的柔情战栗，
抱着一双粉红的手臂，
对奥罗拉①微笑，向那位美人说起
你是何等美丽：

你甜美的眼睛在此藏匿，
你的欢喜也在这里，
为那向世界微笑的美好的日子，
我愿将安息求祈：

我因你的笑靥而安息，
灵魂底，那沉寂的欢乐
因此如鲜花开放遍地，
像大自然的万般红绿。

啊，这白玉一般的美
于我的灵魂中寄居，

---

①罗马神话中的曙光女神。

我的生活已迷失其全部意义；
独有这离奇的、不绝的情意：

就好像，一个男子
走在夏夜的月光与树荫里；
扶疏如梦的光影中
远近的海岸都澎湃着爱意。

他感于那莫名的爱的希冀，
心底生出甜蜜，
他情愿，让那宁静的晨光
慢慢消逝掉自己。

在圣圭多^①前

从圣圭多前往博尔盖^②方向，
整饬、瘦高的柏树列于大路两旁，
如年轻的巨人蹦到我面前，
将我欢迎，又将我上下打量。

很快，他们认出我的模样，
便低着声把话讲，"欢迎回到鄙乡！
歇一歇吧，待在我们身旁；
此间夜晚清凉，你为什么不留在这地方？

"哦，我们芳香的枝子为你遮起荫凉，
吹向大海的北风多么清爽；
我们不会找你算扔石头的旧账，
这件事不值得你我放在心上。

"还是老样，夜莺把窝做在我们枝上……

---

①里窝那省的一个小镇，坐落于第勒尼安海滨。
②圣圭多向北十余公里外的另一座小镇。

哎，你为何仍是走得匆忙？
到了晚上，草场的麻雀飞来我们身旁。
哎，你难道真的不肯赏光？"

"哦年轻的柏树，我时时将你们惦记，
你们是我美好往昔的忠实朋侣，
我们共度的时日何其欢愉，哦，"
我语气悲戚，"我多想跟你们待在一起！

"但是，柏树啊，我的伙计，我要离去，
过去已经过去，欢聚已成往昔！
你们可知？……啊！且让我们驻足一叙，
今日今时，我已经小有名气。

"我会念希腊文又精通拉丁语，
我写这写那，还有很多诸如此类的本事。
柏树啊，我如今不再是逃课的小学童，
也必不再将石头扔掷，

"尤其，不会向着一片林子！"
但是，柏树们摇头发出窃窃的质疑，

夕阳闻之也以霞光将我嘲弄，
透过浓密墨绿的针叶如玫瑰般面红耳赤。

这太阳与柏树一齐将我盯视
让我觉得自己置身于他们高贵的怜悯里，
低语随之变成一首小曲：
"我们早已知道这事，你这可怜的伙计！

"因为，那专门留意人们叹息的风声
已经将你的故事对我们讲，
无尽的哀愁如何像火一样烧在你的胸膛，
对此，你的学问却一点儿也帮不上忙。

"不妨将你的热情和悲伤讲上一讲，
我们或橡树，可谓这大地上情感的智囊。
看呐，那心满意足的太阳
又回到了它紫色、安详的海洋的床铺！

"看呐，向晚的天光交织着鸟儿的翅膀，
麻雀们欢叫在青青的草场！
将至的星空下你会听见夜莺再次歌唱，

你呀你，歇上一歇，让那邪灵且去游荡；

"这邪灵久已将你的心捆绑，
产生且肆虐于你那痛苦的思想，
它如一朵诡异的磷火飘荡
窥伺风暴中迷途的路人，将他引至坟场。

"留下吧；留至明日正晌，
那寂静环绕我们，大地炎热如烧窑一样，
橡树对着过往的马儿说短话长，
而在它的荫凉中，

"我们这些婆娑的柏树，要将
天地之间、昼夜不息的歌儿向你齐唱，
山岳和水泽女神将从上面的榆林飘然而降，
以雪白的面纱为你排解忧伤；

"那游荡于荒山与广原之上、
人称永恒牧神的潘①，也要将芦笛吹响，

---

① 希腊与罗马神话中的牧神，善吹芦笛，行为放荡。

哦，凡人啊，他的天籁之音

将消除你一切纷纭、不洁的思想。”

“不过，在那远方的草地，”我婉言相拒，

“蒂蒂①已等得心急，请你们允许我离去，

她像一只棕色的小麻雀，只是

她的小袍子未必能像羽毛那样永远合体，

“她也不能以松果为食，

与此同时，我却不能像阔气的曼佐尼②

有四份薪水可以大吃特吃，

再见啦，我甜蜜的故地！我的柏树伙计！”

“既是这样，对那沉睡在山顶墓园青草中的

你的祖母，我们又有什么话好讲？”

于是，他们如一支迅速、沉静的黑色行伍

摇晃，飞奔，挥手又低语着路过我身旁。

---

①诗人的女儿莉贝尔塔的爱称，时方两岁。

②曼佐尼（1785—1873），意大利浪漫主义作家、诗人、剧作家，代表作品为历史
小说《约婚夫妇》，诗人对其多有指刺。

然后，我便看见，自山弯后的墓园，
我的露奇娅①祖母，穿过那些柏树，
从枝叶葱茏的小径走下山，
她穿着一身丧袍，显得高大又威严。

露奇娅老太太，编着漂亮的银色发辫，
托斯卡纳方言说得轻柔又婉转，
不像佛罗伦萨舞台上的丑角，
只会以蹩脚的曼佐尼的语言表演。

维尔西利亚腔调如哀婉的音乐一般
发自她唇间，让我时时怀念，
它的有力与细腻巧妙地揉成一团，
如曩时以普罗旺斯语②写就的道德歌谚。

"祖母啊祖母，那故事何其温暖，百听不厌！
如今，请将它为我这世故之人再讲上一遍！
讲一讲，那一位少女
为寻找她的爱人是如何将世界走遍。——

①诗人的祖母，生于托斯卡纳西北的维尔西利亚山区。
②奥克语的一种方言，主要在法国的普罗旺斯使用，并非一种独立语言。

'那七双铁鞋被我踏烂，
它们曾带我走过溪流与山涧；
那七根铁杖被我拄断，
它们扶我走过泥潭，将野狗驱撵；

"'眼泪自我的心泉滴落不断，
七年装满了七罐；
我对着你紧闭的门庭凄楚地呼唤，
雄鸡高唱人间，爱人呐，你为何仍在昏眠！'

"哦祖母，多美的故事，此去多年，
它方于我心有戚戚焉！
我的寻找没黑没白、年复一年，
不过只是徒然，原来它就在眼前，

"适才在那些柏树下面，
我不曾这般思想幡然，亦不敢徘徊流连；
哦，祖母，或许在远处你的墓畔，
它正藏匿于另一丛静悄悄的柏树林间？"

呜呼！便在我心悲伤的间隙，

一列火车已隆隆开去，
一队愉快的小马并驾齐驱，
被那庞然的奇迹唬得嘶声扬蹄。

然而，另有一头灰色的毛驴
充耳不闻地啃啮着路边多刺的野蓟，
它全没在意，也毫不惊奇，
迂讷、木然地一口咬掉了紫色的花絮。

致《巫者》作者

哦，赛维里诺①，我知道你的歌自哪里起航，
也知道你的梦在哪里隐藏。
蜿蜒的雷诺大河与波河浩浩流淌，
亚麻田的平原亦随之绵延向远方。

自池沼低地的柳行间
一只慵懒的啄木鸟将翅膀伸展，
伴着一声哀号凄凄惨惨
一群野凫从视野中游去不见，

只剩一串涟漪泛在水面，
愚钝不堪的鳗鲡痴长于其下边。
哦，那爱之歌声昏睡不醒，
哦，那狂热之梦亦迷失于昏昧之中。

哦，那夏日傍晚的玫瑰色的天光

---

① 赛维里诺·费拉里（1856—1905），诗人的学生，其《巫者》一诗直刺当时政治及文学现状，为诗人所赞赏。

已布施于长河的堤岸之上！
哦，那瑟瑟于月光轻抚之下的田埂
已被初春覆以其所手织的嫩绿色衣装！

然而，当白杨仰望那高悬的星空
怀着爱慕之情发出拖长的叹咏，
当远处的亚麻田塍听见农人的歌声
心生对于死亡的惊悚；

哦，赛维里诺，已是八月的光景，
此时已响起祈雨的蛙鸣，
诗人呐，我们将回到阿尔贝里诺身旁，
冷清清地隐遁于爱的梦乡。

对于你们这些在静夜里喧嚷、心怀愿望、
情感忠贞的白杨，我们有一语要讲：
"哦，高高在上、察看一切、无所不晓的白杨，
请告诉我们，比昂科菲奥蕾①她身在何方？

---

① 《巫者》中的人物，其名字意为"洁白的花"，为"真正的诗"的化身。

"是在山之阿，还是在水一方，
她以那花儿编作华冠戴在额上？
抑或是，她正藏在彼特拉克的某首小诗中，
笑我们二人的多情只是空忙一场？"

特奥多里克①的故事

正午的维罗纳②城堡
炎日高照，
自平地至基奥萨③山坳
响起号角，
阿迪杰河流过明朗的绿野
波浪滔滔，
阴森的老特奥多里克国王
正在洗澡。

他想起图尔纳④那一遭
险些将命送掉，
克里米尔黛⑤的筵席上

---

①特奥多里克（约454—526），东哥特人，征服意大利后在那里称王，被日耳曼人
奉为英雄，但因其迫害拉丁人，也被天主教徒视作恶魔。此诗的立场倾向于后者。
②意大利北部威尼托大区维罗纳省的省会，曾为特奥多里克征服意大利之后的都城。
③维罗纳市郊的一道山谷，阿迪杰河由此流向威尼托平原。
④乌尼国都。
⑤传说中的布尔戈尼公主，前夫为西戈弗里德，在其被杀后改嫁乌尼国王阿蒂
拉，曾将杀夫仇人邀至图尔纳以伺机报复，并在筵席上大动干戈，被特奥多里克
出手相救。

束棒何其喧闹，
伊尔德布朗多①的佩刀
连连将女人砍倒，
只有他老特奥多里克
从死人堆里逃掉。

烈日在他头上闪耀，
河水流得不急不躁，
他坐在塔梢
观望一只盘旋的鸷鸟
飞过他少壮时
踏过的山包，
以及他戎马操劳
所掳掠来的绿色村寨。

忽然，自城墙外面
传来扈从的叫喊：
"吾王，快快来看，
这只牡鹿前所未见，

①克里米尔黛的保护人。

它的蹄脚如披甲胄，
双角如黄金一般。"
阿迪杰河水声欢畅，
似为老猎手助威呐喊。

"备我黑马，牵我猎犬，
速速取来我的枪杆。"
他裹着一条毛毯
好似穿起斗篷一般。
仆人们忙得团团转，
而那只牡鹿已消失不见，
他暴烈的坐骑，
已嘶鸣等候在外面。

这马儿黑得如老鸹一般，
双目灼灼如同火炭。
一切准备周全，
老特奥多里克跃上马鞍。
然而，他的猎犬
似乎有些不安，
盯着主子的脸

狂吠着畏葸不前。

那黑马如离弦之箭
转瞬间便已跑远，
它飞奔在一条小路上，
上下颠簸不堪；
它不住地跑个没完，
越过无数山川。
老国王急欲下马，
却无计摆脱那鞍鞯。

一位忠心耿耿
随他多年的老侍从，
觉得这小路陌生，
便焦声呼喊：
"高贵的阿马利①王啊，
我从小随你出征，
出入枪林箭雨之中，
从未见你这般疲于奔命。

---

①特奥多里克所属的东哥特豪族。

特奥多里克主公，
你这是要何去何从？
神圣的国王，
你可要几时回宫？"

"是这马儿将我欺弄，
它驮着我跑个不停，
愿贞洁的圣玛丽亚
帮我摆脱这畜生。"

贞洁的圣玛利亚
正为他事忙碌在天庭：
她以巨大的蓝色的面纱
遮盖死难者①的英灵，
那为国为教而死的英雄，
被她安顿于天堂中；
而上帝的灾祸
临到哥特国王的头顶。

那黑马已经发狂，
它驰骋过大路和山冈：

①受特奥多里克迫害而死的拉丁人。

迷失在夜色茫茫，
奋力跃向星空之上。
翌日天亮，
它已将亚平宁甩在后方，
在它面前
是托斯卡纳怒吼的汪洋。

利帕里①是地狱的景象，
陡峭的火山浓烟万丈
发出隆隆的巨响，
灼热的熔岩沸腾滚烫。
那黑马来到近旁，
对着天空将前蹄奋扬，
伴着竭力的嘶响，
那驭者便跌下了岩浆。

难道，自卡拉布里亚那一方
太阳便从此不会升上高冈？
断不会这样！又何止太阳，
连同那白发苍苍的面庞，

①意大利南部卡拉布里亚大区的一个小岛，岛上有火山。

连同那鲜血淋漓的头颅，

连同那波伊提乌①的圣像，

都将在逝者和朝晖的微笑中

得到永世的称扬！

---

①波伊提乌（？—524），古罗马学者、神学家、哲学家及政治家，其致力于古文献的整理及传承，曾将亚里士多德的部分著作及柏拉图的全部著作以拉丁文译出，并多有注解。特奥多里克统治意大利初期，他曾作为其顾问，而在拉丁人受迫害时期被投入监狱。

山 乡

山上的榉树和杉树孤孤单单，
它们的阴影，被晨间的光线
历历投在碧绿的平原，
及至午间，便覆盖上
礼拜中的教堂、零乱的民房
以及墓园，显得安静又昏暗。

卡尔尼亚①墓园的胡桃，日安！
我的思想曾放逐在你的枝叶间，
你们素日的阴影屡屡在我梦里出现。
你的死尸、巫蛊并各类妖魔
我不以为然，独有贵乡的道义
令我至今敬畏犹然。

彼时，在那清凉的牧季期间，
俟那节日弥撒做完，

---

①意大利古代一地区，位于如今的乌迪内市左近，现为一座小镇，诗人曾居住
在此。

我曾来到你的这一片墓园。
一位威严的执政官
将手放在基督的圣物上边，吩咐：
"我将这林子分作你们的田产，

"无论是这松树，还是杉树，
直至那看见、看不见的地方。
你们可任意牧羊，
若那匈奴人或斯拉夫人前来，
孩子们，我们这里有刀剑和棍棒，
你们当为自由拼死抵抗。"

顶着那炎炎骄阳，
骄傲充斥于每个人的胸膛，
每一颗金色的头颅莫不高昂。
妇女们掩面恸哭，
将她们的祷告向圣灵与圣母献上。
执政官举起一只手掌，说：

"基督与圣母在上，你们
永不可将这命令遗忘。"

阿门，乡党们对那举起的手掌如是讲！
草地上一只红色的小母牛
对这小型议会的决议见证在旁，
午间的烈阳，正昭昭于杉树的高岗。

马伦戈^①的平原上

——1175 年的复活节前夜

马伦戈的平原上，高悬着寒光凛凛的月亮：
在波尔米达与塔纳罗^②之间朦胧胧的夜色中，
一团慌里慌张、哭爹喊娘的人、马与刀枪
正从亚历山大里亚^③那溃败的工事里撤防。

看呐，亚历山大里亚的火炬自亚平宁山上
将那吉伯林皇帝^④狼狈的逃窜以及灭亡照亮；
而在托尔托纳^⑤方向，联盟回应以熊熊焰光，
如一首胜利之歌在宁静又荣耀的夜晚回荡。

---

①意大利北方亚历山大里亚市郊的一个小镇。1175年4月14日的复活节前夜，巴巴罗萨（即红胡子腓特烈一世）夜袭亚历山大里亚，被伦巴第联盟所击溃，经此地向阿尔卑斯山撤退。
②塔纳罗是意大利北方的一条河流，而波尔米达为其一条支流，二者交汇于马伦戈镇北。
③意大利皮埃蒙特地区亚历山大里亚省的省会，位于塔纳罗河右岸。
④吉伯林党原为德国国内圭尔甫党的对立党，1125年享利五世死后，这两党分立为保皇党与教皇党。其名称后被意大利沿用为对立两党的称呼，但同时也多有保皇、教皇的政治分歧之义。
⑤亚历山大里亚省的一个重镇，为伦巴第联盟的城镇之一。

"那位施瓦本的暴君①，那只北方的雄狮已经
落入了拉丁人的剑丛，哦，火炬山呼海应！
基督将于明日复生；哦，待至那明日天明，
灼灼旭日将把罗马人何等荣耀的胜利见证！"

那白发的霍恩佐伦②听见这鼓舞欢呼的声势，
将脑袋靠在宝剑上，陷入懊恼的沉思：
"在昨日，他们哪个敢将骑士之剑挂在腰际？
难道我们要丧命在这帮下贱的生意人手里？"

那位思佩耶尔③的主教，他下肚的美酒来自
最佳的产地，他的说辞里面有上好的教义，
他哀泣："哦，我神圣的大教堂，我的领地，
平安夜里谁将为你那上好的弥撒唱起圣曲？"

住在迪特波尔多宫里的那位巴拉汀伯爵爷④，
金发垂在他绣着又是玫瑰又是百合的领子上，
他心想："莱茵河的精灵将为这夜晚唱起，

---

①指巴巴罗萨皇帝，他也是施瓦本的世袭公爵。
②即罗伯托二世，其势力仅次于巴巴罗萨。
③德国的一座城市，其主教为巴巴罗萨坚定的支持者。
④诗人假想的一个反派人物。

我的小特克拉^①，只能睡在那苍白的月光里。"

美因兹大主教^②连同他的优雅一起败坏气急：
"以手中狼牙棒^③的名义，我可以揸一切圣油，
人人都该上供，可是，哎，那些意大利骡子
驮着银两翻过阿尔卑斯，我却收不到分厘！"

蒂洛尔伯爵^④怕得要死："儿子，明日的晨曦
将在阿尔卑斯山向你致意，我的狗也将如此，
它们属于你了：你的父亲将被草民割断喉咙，
像阉鹿一样在伦巴第的灰暗的平原上死去。"

独自一人站在营帐中央，他的战马守在近旁，
那位穷途末路的皇帝仰面将午夜的星空凝望：
寂静的群星，流转于他白发苍苍的头颅之上；
他的身后，那面皇帝的旗帜在风中猎猎作响。

另一边厢，站着波西米亚与波兰的两位君王：

---

①诗人杜撰的一个德国姑娘的名字。
②神圣罗马帝国的重要人物，支持巴巴罗萨四处征战。
③原诗用词为双关语，兼有"权杖"与"狼牙棒"之意。
④蒂洛尔当时为神圣罗马帝国之下的一个伯国。

一对黩武的干将，一双神圣罗马帝国的栋梁。
星光消去，黎明乍降，阿尔卑斯山诸峰之上
现出玫瑰红光，那自大的恺撒传令："开拔！

"上马，我忠实的臣下！你，威特尔斯巴赫[1]，
今日在伦巴第联盟的面前表现得神圣无瑕！
传令官，呼喊吧：'那圣哉朱利奥的神圣后裔，
图拉真的支脉，已不敌今时罗马的恺撒[2]！'"

如此迅速，如此欢快，日耳曼人的角声
在塔纳罗大河与波河之间从这营传至那营，
每见到雄鹰，这些意大利的贼子们便夹起尾巴，
胆战心惊——真正的恺撒飞过他们头顶！

---

①即巴伐利亚公爵，巴巴罗萨的忠实追随者。
②此为巴巴罗萨的自夸之语，以恺撒自居。

怒　潮①

一

欢快的阳光照在勃艮第②山冈，

马恩河谷正值葡萄丰收的年景；

皮卡第③的土地已经空空，

等待着犁头将来年的收成酝酿。

然而，那镰刀却落在葡萄枝上，

---

① 这一组十二首十四行诗的主题内容，为对于法国大革命的回顾与讴歌，背景事件略表如下：1774年，法王路易十六上台后，醉心吃喝玩乐，其王后玛丽作为奥皇约瑟夫二世的妹妹，更是极尽奢侈，被称作"赤字夫人"。1789年春夏的三级会议后，民众因路易十六的阴谋而暴动，攻占巴士底狱，建立了法兰西共和国，并在随后进行了一系列政治改革。1791年6月20日，路易十六举家乔装逃出巴黎，向比利时逃去，行至瓦伦时被驿站站长认出，随后被押返巴黎。1792年7月，普鲁士将军布伦兹维克宣布要镇压法国革命，帮助路易十六复辟。8月10日，巴黎民众涌进市政厅，宣布推翻市政府而建立巴黎市府。8月16日，普鲁士军队进攻法国，9月1日攻陷凡尔登。巴黎市府号召民众拿起武器上阵，并决定在上阵前先行处决部分敌人。此后，革命者们高唱着《马赛曲》开赴前线，并于9月20日，在瓦尔米高地击退普鲁士军队。11月20日，路易十六与国外宫廷的往来密信被在王宫中发现，随后，法庭以此作为依据对他和玛丽王后进行了审判。1793年1月21日，路易十六被处死，玛丽王后也在同年被处死。
② 法国中部的一个地区，位于勃艮第运河与塞纳河之间。
③ 法国的一个地区，出产葡萄酒。

如斧头上染着鲜血殷红；
耕耘者伫立在残阳的霞光之中，
茫然地将这待耕地打量。

鞭策下，耕牛的哞叫声音低沉，
如执长矛，耕耘者手扶
犁杖高呼："法兰西，前进，前进！"

犁头在沟垄中受压呻吟；
潮湿的土地腾起了烟雾；
空气如鬼魅站起，向战争求诉。

二

受苦受难的大地的子嗣，
你们为登上理想之山拿起刀戈，
正是你们所身在的祖国，
将你们由平民变作红蓝白骑士①。

---

①法兰西共和国的国旗为红、蓝、白三色，此处指共和国的平民军队。

哦，克莱贝尔①，你像咆哮的雄狮

怒发冲冠地英勇战斗着；

哦，你的青春之光在阵中闪烁，

光荣生、壮烈死的奥什②。

哦，还有你，功成而弗居的德赛③；

以及你，暴风般的缪拉④

为王冠而躬身屈下自己的膝盖。

至于你马尔梭⑤，你将死神期待，

以二十七岁的大好年华，

将它像新娘般欢喜地迎娶回家。

---

①克莱贝尔（1753—1800），法国将军，曾率军同拿破仑一起出征埃及，后在开
罗被当地人刺死。
②奥什（1768—1797），法国大革命时期的将军，曾率军抗击奥普联军，后又镇
压过反动派，死于29岁。
③德赛（1768—1800），法国将军，曾在马伦戈战役中拯救过拿破仑，并将胜利
的果实拱手交与后者。
④缪拉（1771—1815），法国将军，曾协助拿破仑进攻意大利，后与拿破仑的妹
妹卡罗莉娜结婚，1808年成为那不勒斯王，进行过大规模的政治改革，后在进攻
意大利南方时被俘身死。
⑤马尔梭（1769—1796），法国将军，曾参与法国大革命，死于27岁。

三

傍晚，凯瑟琳①污秽的杜乐丽苑②，
路易③跪倒在教士们面前，
王后对着普鲁士将军④诡笑不已，
带着满脸的泪滴和诡异。

在命运的暮色的雾气中，
带着既非悲伤亦非高兴的表情，
她捻着线锤将纺轮转动。

她手中的燃杆向上直戳着众星，
如此头顶着明月和星空，
不住地纺啊纺啊，纺绩个不停。

布伦兹维克冲至那阵前，
把绞刑架竖在他们对面：

---

①指亨利二世的遗孀凯瑟琳·德·美第奇，杜乐丽苑即由其下令建造。
②法国大革命爆发后，巴黎的民妇于1789年10月6日集群前往凡尔赛宫请愿，随
后将路易十六及其家人安置于杜乐丽苑。
③此句及下句，意指路易十六以及玛丽王后密谋与教士及奥地利方面勾结。
④即普奥联军司令官布伦兹维克。

要把这些法国造反者统统绞死，
免不了会用到很多很多的绳子！

四

失利的楚歌自四面响起。
隆维①方面传来消息，城已失守。
将士们带着一身的尘垢
拒绝投降，退回至立法议会里。

"我们在城墙上失散分离：
每一座大炮只剩下了两个人手，
懦夫拉维涅也已经逃走，
群龙无首。我们还有何计可施？"

"玉碎！"议会传来如是的回答。
热泪滚过其鬓黑的面庞：
于是他们把头低下，重又出发。

---

①法国东北部默特尔－摩泽尔省的一个城镇，曾于1792年8月26日被布伦兹维克
率普奥联军攻陷，而下文所称的"懦夫拉维涅"即为当时的守城将领。

天空此时已将晴朗降下，
军队告急的钟声已敲响：
"啊，法兰西老乡，速来救亡！"

五

啊，哀哉哀哉，法兰西！
便在昨日，凡尔登已开门揖盗：
以花束将异国之君讨好，
女子们向阿图瓦①伯爵奴颜婢膝。

她们喝着白酒醉意迷离，
同枪骑兵和护卫歌舞调笑。
凡尔登，制糖者②的草包，
你今时的耻辱非一死不能了之。

博勒佩尔③却不愿苟活，
他以生命与心灵向那命运冲撞，

_____
①阿图瓦为法国历史上的一个省份，首府为阿拉斯，1500年由哈布斯堡家族统
治，三十年战争期间被法国征服。诗中所谓伯爵，为当时的普鲁士军队首领。
②制糖为凡尔登传统产业之一。
③博勒佩尔（1740—1792），法军将领，为避免凡尔登投降受辱而自杀。

既为将来，也为了你我。

前代的英雄在天庭上将他迎接，
未来世代的人们在高唱：
"啊，法兰西老乡，速来救亡！"

六

市政厅升起黑色的旗帜，
"到一旁哭去！"对爱人与太阳
他如是讲。炮声在鸣放，
如同警钟时时在那死寂中响起。

一组古朴的塑像伫立于
那不断地集结涌来的民众中央，
象征着他们共同的所想：
"为法兰西之生，死国便在今日。"

高大、苍白的丹东①看见

---

①丹东（1759—1794），法国大革命时期政治家，后任共和国司法部长，因主张
消除革命政党之间的政治分歧而遭到吉伦特派的反对。

奔走的怒不可遏的法兰西妇人

督促赤足的儿女们提起了刀剑。

而马拉①也在黑暗中看见

一群法兰西男人们将双拳握紧

将土地踏得鲜血淋淋。

七

凯尔特教会人士②的观点

对他们③的灵魂发起审视与质疑：

一阵怒冲冲的旋风刮起

在阿维尼翁④那座前教廷的塔尖。

---

①马拉（1743—1793），法国政治家、医生和新闻工作者。1793年初，保守的吉伦特派将其作为激进的山岳派代表人物发起攻击，并于1793年4月将他交至革命法庭，但随后被判无罪，其政治影响力于此时达到巅峰。同年7月13日，他在沐浴时遇刺身亡。
②指英国清教徒。
③指倾向教皇与教廷的人。
④法国城市，1309—1377年，教皇被逐出罗马时曾作为教廷驻地。

使徒们的激情古今不鲜①，

此前已有阿尔比②、加尔文③为例，

你们的血为苦难所激励，

你们的心沉浸其间，躁动难安。

遂有审判与阴森的法庭④

为到来的新世纪蒙上白色恐怖！

啊，白种姑娘，法兰西的象征，

亲族的血液装满你父亲的杯中，

你要如何越过他的血手

将自己与你的祖国救赎？

八

说起阿尔卑斯山萨伏依的女婴

河流哀声，风儿也叹气。

铮铮怒响的砍刀已经举起；

---

①指历代使徒、圣徒、教徒的抗争先例。

②12—13世纪法国南部的异端教派，反对罗马教皇与教廷，对教士的腐化多有抨击。

③指欧洲各国主张改革的教派，并非仅限于加尔文一派。

④指臭名昭著的宗教审判与宗教法庭。

朗巴尔亲王夫人①临死还在嘴硬。

她仆倒，金发如水流入泥土中，
全身赤裸地躺在街心；
人群里有个理发师，伸出手去
在血中翻找，出言惊悚：

"哦，她的颈子像百合，
皓齿红唇，像是珍珠和康乃馨，
皮肤又白又嫩，尚有余热。

"哦，快，让我们将这
金发碧眼的尤物送至那扇庙门②，
让死神向王后道声早晨！"

九

空前绝后，从未有法兰西国王

---

①朗巴尔夫人（1749—1792），出生于萨伏依，1767年嫁给朗巴尔亲王，次年亲王即去世。1774年路易十六即位时，王后玛丽·安托瓦内特选她作为随从，成为其最亲密的女伴。1792年，她与王后一起被关进丹普尔监狱，因拒不反对君主制，于同年9月3日移交民众审判，被砍下头颅挑在长矛上，送至玛丽王后窗前。
②指王后窗前。

能收获这么多人的致意!
那座阴森的塔楼在汹汹民意里,
如恶鸟在夜间张开翅膀。

这里,曾经崛起过中世纪之王、
人称作"好汉"的腓力①,
曾经走出过那最末的圣殿骑士②,
卡佩王朝③而今风光告终。

人群中发出可怕的怒吼;
以长长的矛枪奋力击打着窗棂,
他们向上仰起自豪的头。

自这可怜的王家的窗口,
国王俯视着民众,向上帝求情,
为圣巴托罗缪之夜④的亡灵。

①好汉腓力,又译作"好人腓力""漂亮的腓力",指卡佩王朝的旁支瓦卢瓦王朝的第三代勃艮第公爵腓力三世(1396—1467),为百年战争末期欧洲最重要的政治人物之一。
②圣殿骑士为基督教的军事团体,由几位法兰西骑士在1120年前后发起,由耶路撒冷国王鲍德温二世将部分圣殿建筑、产业划给这一组织,遂因此得名。
③中世纪的法国王朝,自987年至1328年,历经13代,路易十六所属的波旁王朝,即由此王室继承而来。
④指圣巴托罗缪大屠杀,为法国宗教战争中天主教势力对新教的雨格诺派犯下的暴行,其始于1572年8月24日圣巴托罗缪节前夜的巴黎,并扩散到其他城市,持续了数月,有7万—10万人被杀。该事件为法国宗教战争的转折点。

十

在野蛮人的声声铁蹄中，
难道是巴亚尔①从他的坟墓站起？
在奥尔良②甜蜜的山谷里，
难道是普尔切拉③的旗子在飘动？

是谁带着那一路的歌声
向上索恩④和多风的加尔多⑤之地
那山谷之间的栅栏走去？
难道是高卢英雄⑥及其红色士兵？

①巴亚尔（1473—1524），人称"无畏骑士"或"和蔼骑士"，被称为当时欧洲最出色的指挥官，曾只身与200名西班牙士兵激战，死守加里利亚诺桥，还曾率领1000人坚守梅济耶尔，抵抗3.5万神圣罗马帝国大军。
②法国中部城市，中央大区的首府和卢瓦雷省的省会，距巴黎约120公里。
③即被称作"奥尔良少女"的圣女贞德（1337—1453），据其在审判时供称，她擅长以旗帜鼓舞士气。
④法国东北部的一个省份，属法兰琪－康堤大区。
⑤法国南部濒临地中海的一个省份，属朗格多克－鲁西永大区。
⑥原诗直书作"韦辛格托利克斯"，其人为高卢部落阿维尔尼人的首领，于公元52年领导起义，反抗罗马人的统治，后遭到镇压。

不，是"间谍"迪穆里埃^①，

此人一心要同那天才孔代^②比肩：

地图在他的炬眼下摊开，

只消一瞥，他便指向某处山隘：

"法兰西欢喜的温泉关^③，

新的斯巴达，便在此间。"

十一

在阿戈讷^④东方的高山上，

清晨疲倦降临于雾气与泥泞中。

悬挂在瓦尔米①的磨坊顶，
淋湿的三色旗幻想着风与太阳。

一身白尘的磨坊主，不要悲伤，
未来即出于你的磨盘中，
那一支光脚赤膊的人民子弟兵
为将它推动已把血流光。

炮火间，凯勒曼②高举他的佩剑，
振臂高喊："祖国万岁！"
长裤汉③们的史诗至此已经写完。

在继之轰鸣的炮声间，
《马赛曲》为新时代高奏响吹，
如大天使在阿戈讷的林间巡回。

---

①法国城镇，1792年9月20日，迪穆里埃率军在此打败普奥联军，取得战争转折。
②凯勒曼（1735—1820），法国将军，曾受拿破仑重用。
③又称无套裤汉，为法国贵族对于倾向共和的平民阶层的蔑称，因为当时法国贵
族男子盛行穿紧身短套裤，膝盖以下穿长筒袜；平民则只穿长裤，没有套裤。

十二

前进，法国的杰出儿女，
炮声交汇歌声，歌声呼应炮声，
今日为前所未有之光荣，
红色的羽翼为战斗而奋力张起。

一切混乱以及一切恐惧，
都随普鲁士王滚出法兰西国境；
一切外逃者及流亡人等①，
都伴着饥荒和瘟疫滚出法兰西。

泥淖挣扎于日落的黑暗，
而山冈却在夕阳欢快的照耀下
绽露出它那光荣的笑脸。

歌德自昏昏众生中走上前，
昭告寰宇：自这一天，
世界由此地进入新纪元。

---

①外逃者及流亡者，当指有意追随路易十六外逃或流亡国外，以及当时看来有
变节嫌疑的部分贵族或有产者。

图勒王[①]

——据 w. 歌德之叙事诗而作

从前，图勒有个老鳏夫国王
对他的妻子念念不忘，
她留给这老国王一只金酒杯
随后便进入了那冥乡。

他对这金酒杯爱得几乎发狂，
总是端起它一饮而光：
每在酒醉后，他便号啕大哭，
看着它而将妻子回想。

这爱侣自感死神将降临头上
便把一切财宝与村庄
向自己的继承人们交付妥当，
独将那金杯留在身旁。

---

①图勒为北欧的一个古国，有人说位于如今的冰岛及挪威北部，歌德曾在1774年写过与这里的国王相关的叙事歌，此诗即据此而作。

他风光设宴将骑士们犒赏
自己正坐在他们中央，
他在那坚固无比的高高城堡上
俯视着动荡的海洋。

这位年老的酒徒国王
抬手慢慢喝尽他的最后一觞，
便将那只神圣的金杯
远远扔向了城下滚滚的波浪。

他看着它落下，斟满了水浆，
自海面上缓缓地沉降：
然后，他的双眼渐渐地阖上，
从此以往，滴酒不尝。

布森托河①底的坟墓

——据 A.V.普拉滕②之叙事诗而作

科森察③的布森托河上，
夜晚的哀歌飘荡，
河水倦倦地打着旋儿
静悄悄地流淌。

在水面与水下的河中，
一群阴影在摇动：
那是哥特人在吊唁
阿拉里科④的伟大亡灵。

他离开祖国如此之远，

---

①意大利南方卡拉布里亚大区的一条河流。
②普拉滕（1796—1853），德国诗人，于1826年来到意大利，至死未曾离开，
留下极多古典风格的诗作和剧本。
③意大利一座古老的城市，现为卡拉布里亚大区科森察省省会。
④阿拉里科（370—410），哥特人的国王，曾侵入意大利并将罗马摧毁，后死
于科森察并葬在那里。据说，哥特人为了防止罗马人毁坏他的坟墓，曾先将布
森托河改道，在河底修墓并将他埋葬之后，又将河道改回。

以至只能在此长眠，
他金黄的头发
依然披在强壮的双肩！

哥特人将他放在船上
来到布森托河旁，
他们挖出新的河床
将河水引至其中。

在那从前的河底
他们又挖出一个深坑，
葬入他们的英雄，
骑马执戈而凛凛如生。

他已身在泥土间，
他的武器却寒光闪闪，
那河畔的青草
也一并被埋葬在下面。

河水被引回这边，
布森托河雪白的浪花

又重新泛响
在它古老的两岸之间。

他们便齐唱："吾王,
安息你的荣光,
罗马人之手必不得
惊扰你的坟圹!"

这歌声仍在传唱,
随哥特人的行伍回荡,
布森托,你速速流淌,
从一个海洋奔至另一个海洋!

伦斯瓦山关①

——据西班牙与葡萄牙之传说而作

"骑士们且停一停，
王上传令报姓名。"
报了一名又一名，
唯独不闻他应声：
大名鼎鼎之英雄
唐·贝②没有报姓名。
阿文托萨之战中
独自一身战群雄：
不料如今丧性命，
在那悲惨山关中。

谁人去将他找探？
骑士把签掣七遍。
此话说来真灵验

---

① 此诗讲的是加洛林王朝的一个传说。传说，在伦斯瓦山关，卡洛一世（742—814）的士兵及骑士被摩尔人冲散，死伤众多。在溃退的途中，卡洛许诺将阵亡的骑士厚葬，于是便有开头"报姓名"的引子，以及老父寻子的故事情节。
② 原诗人物全名为唐·贝尔特拉诺。

签签将他老父点：
前三次吉凶难算，
后四次下下之签①。
老人家策马扬鞭
提着矛离开同伴：
白天躲在树林间，
夜晚走在大路边。

老人家眼泪纵横
一路上涕泣无声，
频频向牧人探听，
可曾见那位英雄：
那长矛拿在手中、
身跨栗马之英雄。
"类似上述之人等、
这般威武之英雄
我等不曾睹其容，
连其人也未曾听。"

老人上马又动身，

_____

①此处的七、三、四之数为伏笔。

110

来至伦斯瓦山门。
心中悲痛几万分，
步子迈得慢吞吞；
前前后后皆死人，
老汉一一来辨认；
反反复复将他寻
不见儿子之尸身；
虽说尽是法国人，
偏偏唐·贝无处寻。

这老人家心懊恼
诅咒美酒与面包，
非那信徒之面包，
乃是撒人①之食料。
战场之上孤树苗，
也被他所痛骂道：
"往来天上之飞鸟，
尚可得此歇歇脚；
我这老汉多潦倒，
反而无处可依靠。"

———————
①指撒拉逊人。

他又将自己诅咒：
"这老骑士多孤独，
若是矛枪掉在路，
或是马刺没挂住，
谁能作他之帮助？
谁能为他来服务？"
他又将老妇诅咒：
"只有一子出她腹，
若他不幸遭杀戮，
而今谁能将仇复？"

来到沙场之边缘，
老人心头一阵寒，
高高岗哨之塔尖
一个黑人^①向他看。
他素了解那语言
便向黑人大声喊：
"黑人兄弟问你安；
请你如实对我言；

---

① 指摩尔人。

112

可有何人执枪杆，
打此经过你眼前？

"是在沉沉之夜晚？
还是鸡叫之晨间？
若是他尚还安全，
我拿金子来交换；
若是他已经归天，
请将他向我归还，
灵魂离开血肉间，
尸体便不值一钱。"
"骑士朋友请详谈，
那人模样是哪般？"

"长枪在他手中拿，
栗马骑在他胯下。
当他尚是小娃娃，
一只雄鹰来啄他，
右脸颊上一个疤，
便是当年所留下。
一朵如雪之白纱，

在他长枪尖上挂，
其上所秀曼妙花，
出自妇人手底下。"

"如你所说之骑士，
将在此牧场死去：
其人双脚与身躯，
俱都浸在河水里。
胸前伤洞共有七，
不知要害在哪里；
阳光射进这个里，
月光透过那个去，
还有一个最小的，
正为秃鹫所啄食。"

"既不怪这独生子，
也不怪那黑兄弟：
要怪便怪这马匹，
没有将他驮回去。"
如此讲话没道理，
马儿听了很生气，

虽然已经快半死，
它还开口要讲理：
"休要怪罪我无力，
不能将他驮回去。

"我为挽救他性命，
三度将他向回挣；
他三次将我踢痛，
想要回到战斗中，
三回松开我缰绳，
三次解开我佩绳，
便在第三回合中，
跌出这个要命洞。"

杰拉德与加耶塔

——据 K. 巴尔奇之古法语小说而作

这一个礼拜六的夜晚，
德国少女加耶塔与姊姊奥里奥蕾结伴，
两人牵手到泉中嬉水。
树枝随着夜风轻颤：
恋人们在爱中睡得香甜。

杰拉德也自营帐来到这清泉
作加耶塔的看护者，这位温柔的骑士
将她体贴地拉入怀间。
树枝随着夜风轻颤：
恋人们在爱中睡得香甜。

"奥里奥蕾，你可以放心游得远一点：
这里有他看护我，
他是个友善又热心的男伴。"
树枝随着夜风轻颤：
恋人们在爱中睡得香甜。

奥里奥蕾从他们眼前游开，一脸苍白，
心在哀叹，泪水在眼里打转，
为加耶塔将离开她的监护而遗憾。
树枝随着夜风轻颤：
恋人们在爱中睡得香甜。

"没有她的陪伴，啊，我真是可怜！
我多希望她留在这山间，
而杰拉德却要把她带去天边。"
树枝随着夜风轻颤：
恋人们在爱中睡得香甜。

加耶塔牵着杰拉德的手
如同来时牵着姊姊的手一般，
他们走向城市，如一对夫妻。
树枝随着夜风轻颤：
恋人们在爱中睡得香甜。

圣朱斯特修道院门外的朝圣者①
——据 A.V. 普拉滕之叙事诗而作

风雨声甚是凄厉的夜深。
"西班牙神甫呐，请为我开门。

"让我躲进你上帝的殿中
直至听见晨间的钟声。

"给我尽你们的所能，
给我一个圣匣和一件法衣，

"给我一间方丈斗室，
请怜悯这半个世界的皇帝。

"愿那修士的长发
在这屡被加冕的头上披拂。

———————
①指神圣罗马帝国皇帝查理五世（1500—1558），其晚年饱受痛风之苦，投身
西班牙埃斯特雷马杜拉的尤斯特修道院。

"愿那粗毛背心的僧衣
遮蔽我曾华衣玉服的身体。

"还未看到你的墓地
我便已如列国般死去。"

所谓诗人者

世俗之人啊，我想让你们知道
所谓诗人者
并不是那些快乐的嬉皮，
以一点俗恶不堪的把戏，
在别人的筵席上痛吃着面包
挥霍他们的美酒佳肴。

他既不是一个游手好闲的懒汉子，
身在恍惚的白日梦里，
窥视着天使，
举着绝望的脑袋
无所事事地看燕子飞来飞去，
所谓的诗人并非如此。

他也不是一个灌园种菜的匹夫，
倾其一生在园中奔走忙碌
打理着粪土，
栽出菜心给男人吃，

种出紫罗兰献给那女士，
所谓的诗人亦非如此。

所谓诗人者
乃是一位有力的铁匠，
钢铁般起伏的肌肉生在他的脊梁：
他怀着骄傲
将力气花在每日的工作上，
赤着胸膛，抡起臂膀，笑声爽朗。

鸟鸣嘤嘤，
在欢快的晨曲唱响
之前，他已走下那山冈，
拉动咆哮的风箱，唤醒火焰，
唤醒炉膛，将他工作的地方
映得一片辉煌。

那狂热起舞的火光
继之闪耀，继之明亮，
玫瑰色的火焰发出炽烈的赤色光芒；
继之以嘶鸣，以咆哮，

继之腾腾而上，
自炭火间发出爆裂的声响。

那微笑注视着他的上帝
知道，而这技艺并不为我所知，
所谓诗人者，
这一位热切的铁匠
是如何将爱与思想掷入了烈火，
使之照亮他的庐舍，

并投下至纯的矿石，
其国其民的荣耀历史有之，
列祖列宗的英明神武有之，
未来与过去亦有之，
如许的材料在他的炉火上烧结，
熔融成一团红亮的生铁。

随后，他将这生铁夹起，
为赋之形状而将它置于铁毡上捶击，
边捶边唱着一支歌曲。
朝阳映现于他额头的汗滴，

照见他野蛮的苦力，
他并不曾停下来休息。

哦，他将铁锤抡起！
看呐，当自由掌权，
他便为她的勇士锻出盾牌与刀剑！
看呐，当美被高举，
他便为得胜的英雄打出冠冕，
为女王打出荣耀的皇冠！

哦，他将铁锤抡起！
看呐，遵照他们古老的习惯，
他装饰着拉瑞斯①每一处华丽的圣殿！
看呐，他锤出餐桌与盘碗
锤出奇绝罕见的花边，
锤出了丰裕、灿烂的巨大杯盏。

为他自己，
这所谓诗人的可怜的铁匠
以黄金煅造出一支箭杆射向太阳，

_____
①罗马神话中家与国的守护神，后面所谓其"圣殿"实指每家每户。

他看着它飞向辉煌，
在高高的天上，
永远陡直地飞向前方。

野蛮的诗

致奥罗拉

啊，飞行的女神，你以红霞亲吻着云层，
亲吻着世界那阴沉的大理石般的穹顶。

你静静谛听，以沉着的激情将树林唤醒，
一只苍鹰愉快地拍打翅膀离开林中。

树叶发出湿淋淋的低语，伴着雏鸟声声，
紫色的大海传来苍灰色的海鸥的欢鸣。

较之原野的一副倦容，河流则欢喜汹涌，
激滟的波光在咕哝的杨树间轻轻颤动。

一匹栗色的小马驹在青草上得意地奔腾，
它扬起头，快活的嘶鸣吹在风中：

机警的狗子自农舍间传来狂吠的呼应，
一唱一和令整座山谷响起一片回声。

然而，你也唤醒人们将其生命投入劳动，
虽然你自己是青春常驻，不老永生。

那些高贵的牧羊人们抬起头仰望着天际，
如他们雪白的羊群一样凝望着你。

这清新的晨间的羽翼载着歌声飞在天底，
一如那些牧人们拿着杖向你吐露衷曲。

"天上的细心的牧女啊，你将星星撵去，
而将那红色的母牛在天空里聚集。

"红色的牛群和那洁白的羊群都跟着你，
阿斯维尼兄弟①心爱的白马也跟从你。

"像一个在河边等待着爱人的年轻女子，
你的眼睛里饱含着深深的爱意，

"你颔首微笑，任纱衣悠然地滑落在地，
处子之身对着天空悄然地展露无遗。

---

① 太阳神的双生子，负责为奥罗拉驾车。

"你的胸脯激动地战栗，面色绯红娇丽，
如苏里亚①的光芒一般无可比拟，

"纤纤手指如玫瑰开放在那强壮的颈子；
而你羞涩的眼神却蓦然地寻求躲避。

"那金黄的香车便如此将你颤抖着接去，
驾车的是那天庭骑士，阿斯维尼兄弟；

"仰望天空，打量着这辉煌荣耀的轨迹，
那疲惫的神祇在夜晚将你秘密地召去。"

"飞吧，飞吧，"那牧羊人如此地祈祷着，
"你玫瑰色的轻车从我们家园上飞过。

"自东方的天际，你终将再度回到这儿，
带回来幸福、牧草和牛奶冒着泡沫；

"在刚刚生出鬃毛的牛犊之间起舞欢乐，
我们的子孙都侍奉你，天上的牧者。"

①印度神话中对太阳神的称呼。

他们固然唱着这歌，你却更喜欢伊梅托①，
它河畔的微风将花香吹至你的天车。

你甚至喜爱那灵活的猎人将伊梅托胜过，
他们脚踏着露水，穿着高高的皮靴。

他们向天空祈祷着，女神啊，当你降落，
甜美的红色云朵便遮住了树林与山泽。

啊，女神，请不要降落：被你所亲吻着，
刻法罗斯②御风飞行如一位男神般出色。

花儿祝福你们的结合，溪流唱起了赞歌，
乘着那爱情的风儿你们继续飞行着。

你的脖颈、洁白的肩窝被他的金发掩没，
你红色的衣带将他的金箭筒缠绕着。

①希腊的一座山，此处代指希腊。
②希腊神话中俊美的猎人，为赫耳墨斯的儿子，被奥罗拉（希腊神话称作厄俄斯）拐走，二人生下了法厄同。

神的拱门已倒在草地上；只剩下莱拉波[1]，
蹲坐着以灵敏的鼻子将你的气味捕捉。

啊，一位女神的爱吻留在了这露珠中间，
啊，这清新的世间因这爱而变得香甜！

女神啊，你也向往爱恋？你漂亮的容颜
浮现于城头时，可惜我们都已疲倦。

你的光芒正消去不见；他们回到家门前，
喜地欢天，却不曾对你看上一眼。

或者是，一位工人怒气冲冲地拍打门扇，
抱怨着这受奴役的日子一天复一天。

也许只有一位恋人在梦中来到你的身边，
伴你缠绵，让你的香吻流在他血液间，

面对你的脸、你的冷风，他都处之心欢。

---

①刻法罗斯的猎犬，是其妻子普罗克里斯送给他的礼物。

"奥罗拉，"他说，"带我去那火的战船!

"带我去那星的战场，让我在那里看见
全幅的大地在你的光中展出笑脸，

"让我看见，我的爱人站在那曙光的下面，
而太阳穿越黑暗自你的胸间升上东天。"

在卡拉卡拉浴场①前

切利奥②与阿文廷两丘之间，
彤云涌动；
湿冷的风在平旷处乱窜；
远处映着积雪皑皑的阿尔巴山③。

在这灰扑扑的建筑前，
一个帽子上系有绿纱的英国女子
正在从游览手册上察看
那与天命和时间争雄的罗马城垣。

密密的一群乌鸦，聒噪不堪
冲向城墙的两边，
这城墙兀立着
向高高在上的天空发起挑战。

---

①古罗马的第二大浴场，由卡拉卡拉皇帝修建于公元206年。
②切利奥，以及后文的阿文廷、帕拉蒂诺，都是罗马城内的小山丘，罗马诸如此
类的小山丘共有7座，因此也称"七丘城"。
③罗马郊外的一座小山。

“你这古老的雄壮的城垣，”
那些占卜者^①们怒冲冲地呼喊，
“将何求于苍天？”
风里闷声的钟响来自拉特兰宫殿^②。

一个长袍乔恰里亚人，自荒草间
吹着低低的口哨走过，
对你这城垣竟如此不以为然。
我心激颤，为你将眼前的神明呼唤。

“女神啊，如果你认为
这些伸出了手臂向你呼喊的、
噙着泪的母亲^③的眼睛，有足够的虔诚；
她们将其后裔俯视在目光中。

“如果你认为，那魏巍高耸
于众殿之顶、

①乌鸦在古希腊及罗马文化中，素有观兆占卜的功用。
②罗马市内的一座建筑，1308年之前作为教廷驻地，后教廷迁至梵蒂冈，但该宫殿及左近的圣约翰教堂仍属于梵蒂冈教廷的产业。
③此处“母亲”，当为罗马城墙的拟称。

临着台伯河①的古老祭坛，
那在夜晚中，

"于坎皮多利奥与阿文廷之间巡行、
看护着这座方城、
取悦太阳神、为农神唱起赞歌声的
古罗马的余脉，有足够的虔诚。

"那么，请你将我倾听。
请宽恕这些新人类的无知懵懂，
他们素无对你的神性的尊敬，
他们不知罗马的女神就睡在这城中。"

她的头颈在帕拉蒂诺那座祈求之山上枕放，
她的手臂在切利奥与阿文廷之间伸张，
自卡佩纳②至阿皮亚大道③
承载着她坚挺有力的肩膀。

①台伯河为意大利中部的一条河流，纵贯亚平宁半岛中部，经罗马市区注入第
勒尼安海，全长405公里。
②罗马北部的一座郊外小镇。
③修筑于古罗马时代的一条大道，其为古罗马的第一条军事要道，直通意大利
半岛东南部的港口城市布林迪西，由此可以经海上去往希腊、土耳其等地。

在克利通诺河①之源

林间絮语的清风
将百里香与鼠尾草的芬芳吹远，
自白蜡的树荫中
克利通诺河，你静静流下高山。

薄暮的傍晚，你的水流仍滚滚不断；
仍有翁布里亚少年
赶着跋涉的羊群趟过你，浪花四溅，
而那木屋旁边

赤脚坐着一位晒得黝黑的母亲
在唱歌，自她怀间
一个欢喜的婴孩转过丰满的脸蛋
望着他的兄长们，笑容灿烂；

另一边，那如古时的牧神一般
裹着绒羊皮、想着心事的父亲

①翁布里亚大区的一条小河流，于佩鲁贾市附近汇入台伯河。

正赶着满是涂鸦的牛车归来，
挽车的小牛漂亮又强健：

它们毛色雪白，眼神友善，
有着宽阔的前肩，
牛角如弯月般生在额前，
若使维吉尔看见，定要拍手称善。

直至此时，云团才如一片浓烟
将黑暗降在亚平宁山：
那可爱、朴素、翠绿的翁布里亚
便坐落在其缓缓而降的山肩！

啊，翁布里亚的绿野，
啊，至纯之泉的神圣的克利通诺！
我的心将这古老的父土触摸，
意大利神祇之翼自我滚烫的额前掠过。

是谁以哭泣的柳树为你这神圣之河
披上了晦色？
也许是那对英雄们怀恨在心的风

怂恿着树木，将你倾没。

当春日来到，大地颤抖着，
就让那些同严寒苦战了一冬、披戴着
欢乐常青藤花环的黑色栎树
将那秘密的故事低声诉说。

如巨大的卫兵将那崛起的神明守护，
就让那些高尚的柏树将你掩没；
哦，克利通诺，让它们为你唱起赞歌，
你的神谕于其阴影中绰约。

哦，三大荣耀帝国①的见证者，请为我们说一说，
那倔强的翁布里亚人是如何
激战着倒在骑兵的矛枪下，埃特鲁里亚②是如何
由强大走向更其强大的。

说一说吧，那格拉迪沃斯③是如何

①三大帝国当指西罗马帝国、东罗马帝国与拿破仑帝国。
②古代伊特鲁斯坎人的城邦国家，位于今意大利中部，其地域包括如今的托斯卡
纳、拉齐奥及翁布里亚等大区，后被罗马人吞并。
③即罗马神话中的战神马尔斯。

自被征服的奇米诺①山上，风驰电掣
冲向那十二座城池的同盟②，他又是如何
树立了罗马那高傲的原则。

继之，你这本乡本土的神明调停了
那征服与被征服者，
便在此时，自特拉西梅诺湖泊③
布匿人④向着罗马发出如雷的不恭的怒喝。

继之，一声呼喊传出你的岩穴，
那弯弯的号角在群山之间吹响，嘹亮回荡着：
　"你等于幽暗的梅瓦尼亚⑤山窝
放牧肥牛犊者；

　"你等于纳尔河⑥以左耕种山坡、

①翁布里亚大区的一座山，位于维泰尔博市东部。
②早期的埃特鲁里亚由12座沿海或内地城市结盟而成。
③翁布里亚大区内的一个湖泊。
④罗马人对迦太基人的另一种称呼，此处所讲的为两者之间旷日持久的布匿战争。
⑤翁布里亚大区的一座古老市镇。
⑥翁布里亚大区的一条河流，汇入台伯河。

于斯波莱托①林中取薪者；

你等于伟大的托迪②

摆设婚筵者，

"让那吃饱的牛犊在草窠中待着，

让那褐色的犍牛在犁沟间卧着，

让那楔子在行将伐倒的橡树里留着，

让那新娘在祭坛旁等着：

"快来快来，将你等的板斧与投枪提着！

快来快来，将弓箭、长矛和新斫的木刺抓着！

那血腥的汉尼拔③杀过来了，

快来快来，你等的家神们有难了！"

啊，如此美丽，当亲切的阳光照在

这为可爱的群山所环绕的营地，

当在斯波莱托城堡的眼底

一片尖叫声响起，

---

①意大利翁布里亚大区佩鲁贾省的一座古老山城。

②翁布里亚大区佩鲁贾省的另一座古老山城，城内的大教堂十分著名。

③汉尼拔（前247—前183），迦太基名将，公元前221年，被推为第二次布匿战争中迦太基一方的统帅。

摩尔人与诺曼底的马匹
陷于厮杀，那胜利者将挥舞的铁器、
脂油之河般燃烧的怒火
与如雷的怒吼，加在他们的头皮。

一切归于静寂。在那缓和、清澈的涡流里，
我看见细细的涟漪；
在如镜的河面上，
它旋转着将一些小小的水泡泛起。

一座缩小的森林，静静躲在水底，
它的枝干交叠编织：
在迷人的波光里
如紫水晶和水苍玉结合为一体。

那天蓝色的花儿也在其中嘤咛不已，
如钻石一般光辉熠熠，
明亮又清凉，像是邀请我
下到这碧绿、深沉而寂静的活水中沐浴。

群山的橡树密荫里，临着这清溪，

哦，我的意大利，正在将诗之春日寻觅！
那山林女神们便在此间此地，
这里正适合做神的婚居。

蓝发的水泽女神们也从河中站起，
面纱飘拂将她们的容颜遮去：无风的暮色里，
她们呼唤着棕发的姐妹们
轻盈地走下山脊。

在那高悬如天庭灯盏的月华里，
她们将舞蹈跳起，为那永恒的贾诺[①]
将愉快的赞歌唱起：
他如何身不由己，向卡梅塞纳[②]献上爱意。

这天庭的男神，这本乡英俊如男子的处女：
薄雾的亚平宁山便是婚床：
那美妙相拥的一场云雨，
令他们生下了意大利人的后裔。

---

① 罗马神话中的门神与过渡之神，有向前、向后的两张面孔，又被称为"双面神"。
② 贾诺的妻子。

一切归于静寂，哦，失落的克利通诺，
一切皆已失落：你可爱的神庙
如今只剩下了一座，而且你已不复在其中
穿着宽大的紫袍正襟危坐。

不复再有骄傲的公牛犊，被圣水施洒着
将罗马人的斩获驮至你的祭坛；
我们列祖列宗的神龛已经隳灭坍落，
罗马已不复有胜利可说。

那个红发加利利人①走下坎皮多利奥高坡，
将他的十字架扔与她，吩咐说
"背上它，跟从我。"
自此之后，罗马便不复有胜利可说。

当一个匪夷所思的黑色的行列
穿着缁色麻衣，缓缓地
自这坍塌的大理石神殿和倾倒的廊柱间走过，

---

①此处似指耶稣基督，但他的发色并不确切为红色。

念念有词且唱着悲伤晦气的圣歌，

水泽女神们受惊飞去，回到泉边哭泣，
或是隐入她们树干的居所；
山林女神们尖叫着
如山中的雾气一般，消散逝去了。

那曾经人声鼎沸的原野，
那曾经亲眼看见帝国荣耀的山坡，
如今合为一片荒漠，叫作
"天国"。

自他们神圣的犁杖跟前、美丽的新娘身边、
年迈的父母膝下，他们的血肉被撕裂；
一切都为祝福的阳光所照耀着，
禁止着，诅咒着，

诅咒一切生计，更甚者，
爱也在被诅咒之列，他们谩骂可恶的行会，
在那冷清的山乡和岩穴
带着苦恼与痛苦跟他们的上帝一起生活；

为个体产业的没落所恼火，
为破产所惊吓，他们继之下到那城市，
在那十字架前起舞，言语亵渎，
为人所冷落与拒绝。

哦，那人类的意志，以往安居于伊利索河①，
如今已将台伯河美妙的两岸立作正义之所，
那夜晚，结束了：
如今统治我们的，是白天。

哦，你这虔诚的母亲，
你这无匹的斩破土地、翻起犁沟的耕牛
与嘶叫着视战斗为嬉戏的战马，
意大利母亲，

哦，你这谷物与酒醅、传世之律法、
声名远播之技艺，以及那文明之诸邦的
母亲呐！我为你献上

①希腊雅典平原上的一条小河流，希腊神话和诗歌中多有提及，此处代指希腊
文明。

这样一首翻作的古老的颂歌。

树林，山岳，以及这翠绿的翁布里亚之河
欢呼雀跃；前方的烟雾与轰鸣中，
那新工业的传令官，那火车头的引擎
正呼啸着，骋骋着。

罗 马

哦，我自豪的魂魄飞向你，罗马，
请你将我闪耀的灵魂收下，将它收下。

我到你这里来并非是为了游历，
在提图凯旋门①下，谁是为了来看蝴蝶？

在蒙特奇托里奥②，那个诡诈的斯特拉代拉③酒贩子④
以其皮埃蒙特的手段⑤翻云覆雨，这关我何事？

比埃拉的纺织大亨⑥党朋结羽，在你的角落里
如蜘蛛将网密密地编织，这关我何事？

---

①提图（39—81），古罗马皇帝，为庆祝胜利建成提图凯旋门。
②意大利议会所在地，议会大厦也被称为"蒙特奇里奥宫"。
③斯特拉代拉是帕维亚省的一个市镇，该地以产酒闻名。
④此处人物当指戴普雷迪斯（1813—1887），其曾多次出任首相，在各党派之间大搞妥协。
⑤意大利的统一运动自皮埃蒙特地区开始，在进行过程中，资产阶级极尽种种权术斗争、妥协勾结、腐败渔利之能事，故有诗中此语。
⑥比埃拉是意大利北方的一个市镇。此处人物当指奎·塞拉（1827—1884），时任财政大臣，其在比埃拉有一家纺织工厂。

让你的晴空拥抱着我吧，罗马啊罗马，

让你的阳光照着我吧，让你的骄阳自蓝天上照下。

照见阴森森的梵蒂冈、极尽奢侈的奎里纳尔宫①

以及那坎皮多里奥古老的墟落何其神圣；

罗马啊，自你那七丘之顶，

你将那欢喜等待在清风里的爱人拥入怀中。

啊，你这雄伟的卡帕尼亚②的婚床何其安宁！

苍苍的索特拉山③，你将为这永恒的结合作见证！

阿尔巴山④，请将那良人之诗吟诵；

绿野图斯科洛⑤，泉山蒂沃利⑥，请唱起你们的歌声。

---

①奎里纳尔宫为意大利王宫，其与前、后的梵蒂冈与坎皮多里奥，可分别视作教廷、君主与古罗马的象征。

②罗马郊外的平原地区，地势平坦开阔。

③罗马北郊的一座小山。

④罗马郊外的一座小山。

⑤罗马南郊的一座古镇，为古罗马人出城度假的胜地。

⑥罗马东郊的一个市镇，建于山上，且山多泉水。

站在贾尼科洛①，我领略着雄壮的罗马风光，
它如一只鸿艨巨舰驶向万国万邦。

它的舰首直指向悠远无尽的穹苍，
载着我，驶向那冥冥的海港②。

迎着那灿烂的霞光，
我在弗拉米尼亚大道③上缓步徜徉，

自我的额际，拍拂掠过那时日尽头的翅膀，
不过它未曾打扰到我踽踽独行的安详。

走过片片阴影，我看见那神圣的河岸④上
老祖宗们的亡灵正在闲话家常。

①台伯河边的一座小山，可鸟瞰罗马风光。
②暗含有死亡的意味，下文"时日尽头的翅膀"亦有此意。
③古罗马修筑的十四条大道之一，通往北方。
④指台伯河。

在阿达河^①上

金星的赤焰里
天蓝色的阿达河川流不息：
爱意绵绵、在水中央的莉迪娅^②
于夕阳下游弋。

那座有名的桥^③倏已过去。
桥洞的弯穹复又为晚照所代替，
河水安稳宁静
一如岸上絮絮低语的平地。

苍黑的城墙在那翠绿的坡地
以及缓和的山冈上逶迤，
洛迪^④的残垣断壁，正缓然远去。

---

①意大利北部的一条大河，汇入波河。
②诗人对一位名叫卡罗莉娜·克里斯托弗里·皮瓦的女士怀有爱慕之情，将她托
名为莉迪娅或是莉娜。
③此处当指阿达河上的洛迪桥，1796年5月，拿破仑曾在此取得对奥军的一场意
义非凡的奇胜。
④阿达河岸的一个市镇。

哦，再见了，你这旧城池。

曾几何时，于此地
罗马的战士与蛮夷厮杀在一起，
米兰的怒气得以雪耻，
意大利被导入一片火海里。

阿达河的水啊，
你仍从拉里奥①向埃里达诺②送去，
带着安详的希冀，哗啦啦
向那宁静的牧场流去。

在彼时的枪林弹雨里，
此桥已危势岌岌，
如今，那只稚嫩的手牵着时日
又走过了两个世纪。

啊，你这阿达河，流吧，
将凯尔特人和条顿人的血冲刷：

①即米兰北部的科莫湖。
②希腊神话中的一条大河，此处借指意大利最大的河流——波河。

以你腾腾的清新的烟雾洗去

那枯骨的腐朽之气。

那道窄小的河湾里

你霹雳的余音正在归于死寂：

受惊的洁白的牛群

将头抬起，向河面上方望去。

庞培[①]之鹰今在哪里？

意气用事的索亚维亚圣上的鹰，

白色之河的鹰，今又在哪里？

你惟解将流水送去。

金星的赤焰里

天蓝色的阿达河川流不息：

爱意绵绵、在水中央的莉迪娅

于夕阳下游弋。

---

①庞培（前106—前48），古罗马将军，于公元前60年与克拉苏、恺撒建立三头执
政，后与恺撒分裂，恺撒执政后，其逃往埃及避难。鹰的意象，在这里喻指帝国。

盎然的春意里，
润泽的青草间花香飘逸，
河水欢笑不已
拍打浪花，说着问候之语。

树枝低拂，这明晃晃的河水
流经两岸丰饶的土地。
那沃野中的大树
便是它行进中的一个个标记。

那欢快的鸟儿
自田野、樊篱、树枝上飞起，
飞向金色、玫瑰色的天际，
消逝在那爱意里。

金星的赤焰里
天蓝色的阿达河川流不息：
爱意绵绵、在水中央的莉迪娅
于夕阳下游弋。

在那金光照耀下的肥美的草地，

你与厄里达诺斯河①汇在一起。
此时此地，终于
那太阳在霞光中倦倦沉入地底。

啊，太阳，啊，不息的阿达河，
灵魂追随你们向埃利西奥②奔去。
啊，告诉我，莉迪娅，
它与永好的爱又将消逝于何地？

我一无所知；我要将人群远离，
进入莉迪娅的爱里，进入
她无名的愿望与莫名的神秘，
在她的顾盼中迷失。

---

①希腊神话中的一条大河，此处仍借指波河。
②罗马神话中为高贵的灵魂而设立的极乐花园。

在圣佩特罗尼奥广场[①]

山顶的白雪映出笑脸，这是
塔尖济济的博洛尼亚的阴冷的冬天。

哦，佩特罗尼奥，一切多么安闲，
虚弱的阳光照着塔尖和你的圣殿，

一群画眉鸟自那里振翅决起，
飞过那严整的圣殿，冷清的塔尖。

那悠悠碧空如钻石般在清冷中映现，
空气如银纱般将一切笼罩其间，

那市场与塔楼渐次迷离于视线，
那持盾振臂的先贤也慢慢隐去不见。

---

①佩特罗尼奥于公元433—450年期间曾任大主教，在博洛尼亚当地，他被认为是
为该市争取自由的英雄，因而被奉为守护神，在其名字前冠以"圣"字。此处所
指的广场，当为圣佩特罗尼奥教堂前的广场。

太阳停驻于塔尖上的高天，
带着笑意凝望着那苍白的紫罗兰，

这花儿开放在青石和红墙之间，
突兀又显眼，如将隔世的灵魂呼唤。

它又如将嫣红的春日企盼，
企盼着又香又暖的五月的夜晚，

彼时此地，有甜蜜的女子舞蹈翩跹，
执政官们带着敌魁凯旋。

维纳斯对着这诗行眉目嫣然，
她看出了其中对于美的复古的心愿。

关于拿破仑·欧杰尼奥①之死

这一个，倒在不知名的蛮族的投枪下，
他的眼睛，望着那悠悠碧空
许多辉煌的景象历历浮现于一霎
使之欣喜地闪耀，随后便熄灭了其光华。

那一个②，许多的吻令他不复再有牵挂，
他倚靠在奥地利的卧榻
梦见严霜的晨间、军鼓、凄厉的号角
缓然凋谢，如一朵苍白的风信子花。

这两位都不在自己母亲的跟前：
虽然，他们漂亮的鬈发
仍然如少年人一般，在无比热切地期盼
一位母亲温柔爱抚的指尖。

①拿破仑·欧杰尼奥（1856—1879），拿破仑三世的儿子，在入侵南非时被祖鲁人杀死，下文所称"这一个"即指他。
②拿破仑·佛朗切斯科（1811—1832），拿破仑与奥地利公主玛丽·露易丝所生的独子，被封为罗马王和拿破仑二世，其父倒台后随母亲回到外祖家，死于肺结核与纵欲。

但是，他们却不得不忍痛躺卧在黑暗，
得不到安慰，年纪尚轻便行将了断，
弥留间，也没有亲切的乡音
为他们带来一点点荣耀或是爱情的寒暄。

哦，奥尔腾西亚①凄凉的儿孙，他怎么会这样，
你至小的一个，你骄傲的希望，他怎么会这样！
愿那罗马王的不祥命运远离他，
如此的祈祷你曾对巴黎默讲。

自塞瓦斯托波尔②，胜利与和平忽扇着白翅膀
将这小娇儿送入梦乡；
整个欧罗巴曾为之惊喜：
将其视作明亮的灯塔与坚固的柱梁。

---

①奥尔腾西亚（1783—1837），约瑟芬与前夫的女儿，后在拿破仑的安排之下，嫁
给拿破仑的弟弟荷兰国王路易·波拿巴，成为荷兰女王，她是拿破仑三世路易·拿
破仑·波拿巴的母亲，拿破仑·欧杰尼奥的祖母。
②乌克兰的一座城市，位于克里米亚半岛，1854—1855年，在克里米亚战争中被
围困。欧杰尼奥生于1856年，恰逢此战结束。

然而，霜月的泥泞①是这般暴戾，
雾月②的迷雾是这般诡谲；
树木也要凋死在如此天气，又或令它的果实
或长成毒物，或化为粉齑。

哦，阿雅克肖③的那座房子多么荒凉，
一棵高大青翠的橡树将枝叶遮蔽于其上！
群山静静地矗立在它的后方，
终日面向着轰响不绝的海洋。

此间住着莱蒂奇娅④，这家族的姓氏何其响亮
以至听见它便要唤起数个世纪的哀伤，
此间住着她，那欢喜做了母亲的新娘，
啊，可这又是何其短暂的时光！

在那对岸，既然王冠已被你最后的闪电掀翻，
既然律法已经向国民们交还，

①1804年12月2日，拿破仑为自己加冕，成为法兰西第一帝国的皇帝。
②1799年11月9日，拿破仑发动雾月政变，自任法兰西第一共和国的执政官。此
处提及霜月及雾月，意在言父辈的强梁跋扈未必是儿孙之福。
③科西嘉首府，拿破仑及其兄弟皆生于此地。
④莱蒂奇娅·拉毛利诺（1750—1836），拿破仑的母亲。

你这伟大的执政官①，最好还是退回至大海边
回到你所信奉的上帝跟前。

如今，像恋家的亡魂一般，莱蒂奇娅
出没于这房子的后后前前；
再也没有帝国的荣耀，如带子束在她腰间：
科西嘉的母亲啊，你住在这坟墓和祭坛。

那如雄鹰一般洞破命运的她的儿子，
那些像奥罗拉一样美丽的她的闺女，
那令她心中的希望尚存的她的孙子，
都从她的怀中离去，远远地死在这地或那地。

自她的子孙们成人受洗，离她而去，
这科西嘉的尼俄柏②
便站在那夜里，站在那门柢，

---

①指拿破仑。
②希腊神话中忒拜国王安菲翁的妻子。据《荷马史诗》言之，其生有六子六女，并因此嘲笑女神勒托只生卜了太阳神阿波罗和月神阿耳忒弥斯，后来，他的八个儿子、六个女儿分别死于阿波罗与阿耳忒弥斯的弓箭下，安菲翁因此自杀，尼俄柏也因悲痛化为岩石。

向着那汹涌的海洋骄傲地伸出手臂

呼唤着，从那美洲，从那英国，
或从那炎热的非洲，她那悉数惨死的后裔
中的一个，能够回到她殷切的怀里
找到安息。

致朱塞佩·加里波第^①

身披红衫、心事重重的都督^②，默默地
策马独行在森然的队伍前列；
四周一片阴沉、沮丧的景象，
天色灰暗，空气严寒，大地闷闷不乐。

泥水中的马蹄声在沉寂里清晰回响；
在他身后，齐整的行军的
步伐声以及这夜晚里令人窒息的、
英雄的叹息，随之应和。

自那尸横遍野的战场的泥土里，
自那流血漂橹的殷红的草地上，
自惨遭屠戮的这里或那里，
那你所爱的、意大利的母亲们，

---

①朱塞佩·加里波第（1807—1882），意大利建国三杰之一（另两位是撒丁王国
的首相加富尔和青年意大利党创始人马志尼），他献身于意大利统一运动，组建
红衫军，领导了许多军事战役。
②加里波第在攻克西西里之后被任命为都督。

腾起冲天的火焰如星汉高挂在天际，

汇成向上的声音歌唱着胜利，

此火照亮罗马凯旋的景象，

此歌如雷霆般涤荡在风里：

"自彼得与恺撒那该死的同盟①建立，

蒙塔纳②已将这耻辱忍耐了多少个世纪；

如今在这里，你，加里波第

将他们踩在了脚底。

"哦，你这阿斯普罗蒙特③光荣的义士，

蒙塔纳骄傲的先驱，呼声归于你；

请你对罗马和巴勒莫④，对坎皮多里奥

---

① 公元800年11月23日，教皇莱奥内三世与卡洛国王在蒙塔纳签订协议，根据这一协议，卡洛在成为罗马皇帝之后，教皇也拥有了对于罗马的统治权。这一史实，即诗人下文所称的"耻辱"，而接下来所称的"他们"，则分别指当时的教皇庇护九世与拿破仑三世。

② 罗马左近的一个小镇。1867年11月3日，加里波第率领红衫军进攻蒂沃利，在蒙塔纳被法国以及教皇的军队阻击，伤亡惨重。

③ 卡拉布里亚大区的一片山地，1862年5月，拿破仑三世宣布占领该地，8月29日，加里波第率军在此激战4小时后，受伤被俘。

④ 指加里波第征服西西里后，率领千人团进军罗马。

和卡米洛^①，说说你的事迹。"

那一日，颂歌自意大利的天上
向他至深处的灵魂庄严地唱响，
纵有懦夫^②对他吠叫发狂，
要教训这些狗子，也只消一通棍棒。

那一日，你成为意大利的偶像，
罗马为她的新罗慕路斯^③而欢呼赞扬；
你被高举如神明一样：
死之沉寂永远不会降临在你的身上。

在那汇聚众生之灵魂的港湾之上，
你如高塔一般辉煌，聚集起
意大利过往诸多世纪的那些神圣智囊

---

①马尔科·福里奥·卡米洛，古罗马将军，公元前390年赶走高卢人，解放了罗马。
②指当时温和派的政客及媒体，他们对加里波第的解放战争大肆攻击，言辞激烈。
③传说中罗马城的建造者。据传，罗慕路斯的外祖父被其弟弟夺权后出走，罗慕
路斯的母亲则被迫做了祭司，但是她与战神相爱，生下了双生子罗慕路斯和他的
兄弟。这两个婴儿被投入台伯河，由一头母狼救起，并将他们哺育长大，后来的
罗马城就建立在这两兄弟获救的台伯河上，而母狼哺婴也就成为罗马的城徽。

将国是商量。

你被高扬，那但丁对着维吉尔讲：
"如此高贵的英雄实在超乎我等想象。"
微笑的李维尔站在一旁：
"诗匠们，史家要将他永记不忘。

"他属于意大利历史的光辉篇章，
如一枝勇敢的穗子，抽发自
深深扎根于利古里亚①正义的土壤，
仰望着那至高处庄严的理想。"

荣耀归于你，哦，我们的父亲！
喘息着埃特纳②可怕的伴着雷鸣的熔岩，
与阿尔卑斯的风暴，你那雄狮之心
永远在抗击着一切蛮王与暴君③。

你那赤子之心，如今

---

①意大利西北沿海的一个大区，加里波第的故乡尼斯原本在这一地区内，现属于
法国。
②西西里岛上的一座活火山。
③国外的入侵者及国内的独裁者。

换来了海洋与天空笑吟吟，
春日笑吟吟，于英雄们
大理石的坟冢上盛开出鲜花缤纷。

米拉马雷^①

啊，米拉马雷，湿淋淋的天穹下
你的白塔显得多么可怕，
如猛禽之翼扑动
乌云黑压压。

啊，米拉马雷，那汹涌而至的浪花
将你花岗岩的灰色海岸拍打，
伴随着怒吼声声
大海凶巴巴。

彤云密布的海湾如此阴郁，
穆贾、皮兰、埃吉达与波雷奇^②，
这些高塔林立^③的周遭城市

<hr>

①的里雅斯特市的一座城堡，是哈布斯堡大公马西米利亚诺于1856年至1860年期间，为其未婚妻修建的"爱巢"。此诗通过眼前的米拉马雷，追溯至哈布斯堡王室与阿兹特克之间的恩怨，以马西米利亚诺走向灭亡的命运为主线，借假想的人物及神明之口，道出了因果报应的主题。
②亚得里亚海北部顶端的一系列海滨小城镇。
③欧洲的大家族一度非常热衷于在自己的宅邸建立高塔，且以塔的高度来彰显家族势力。

如颗颗宝石；

大海掀起巨浪向你这礁岩城堡奔去，
亚得里亚海将其水陆风情向你展示
你远远观望着哈布斯堡
那机要之地；

赭褐色的海岸线颤动不已，
轰鸣在纳布雷西纳[1]的天空响起，
远方的里雅斯特的天际
频闪着霹雳。

那一个美妙的四月的早上
一切都露出欢笑模样，
那一位金发皇帝带着他俏丽的女郎
自海上起航！

这帝国的一切雄伟
映现在他那神色宁静的脸上，

---

①亚得里亚海北部顶端的一座城市。

他的未婚妻以其自豪的蓝色的目光
眺望着海洋。

啊，这为良宵而造的城堡，
这徒劳搭建的爱巢，已经成为过往！
海风刮过这一对夫妇的婚房
是何其动荡。

他们满怀希冀
从挂着胜者与智者画像的厅堂离去。
但丁与歌德试图阻止他
却无能为力。

而那斯芬克斯①，蹲伏在墙角里
将凶险的海洋凝视，
任凭那一本小说
一页页翻起。

①即狮身人面怪，其连同上文的但丁、歌德，都是诗人假想中的悬挂于米拉马雷厅堂中的画像，而下文的瓦乔娜、安东尼埃塔与蒙提祖玛二世，是诗人根据斯芬克斯的脸所进行的延伸想象，对马西米利亚诺的南美之行做出了悲惨的暗示。

哦，那既非爱之歌曲也非冒险故事，
那是阿兹特克人①的吉他
为西班牙弹起！
在那悲风里

自萨尔沃雷角②低号的涛声中传来的
不是挽歌又是什么？
是威尼托亡灵还是伊斯特里亚老妇③
在那里唱歌？

"吓！你这哈布斯堡的子孙，
横行海上的恶棍，伊利尼斯女神④
将与你同乘'诺瓦拉'⑤，以其面纱
为它扬帆鼓劲。

"看呐，斯芬克斯蹲伏得多温驯，

①墨西哥人数最多的一支印第安人，于15世纪建立起鼎盛的帝国，16世纪遭到西班牙殖民者的残暴入侵。
②伊斯特里亚半岛西端的海岬，伸向的里雅斯特海湾，顶点在皮兰。
③伊斯特里亚半岛是伸向亚的里亚海的半岛。此处所言威尼托的亡灵和伊斯特里亚的老妇，或许其有典故，暂尤从考证。
④希腊神话中复仇女神的合称。
⑤马西米利亚诺出征南美所搭乘的船只。

它的脸望着你有多阴沉！
那是疯了瓦乔娜①的白脸，她在将
你的娇妻嫉恨。

"那是断头安托瓦内特②的鬼脸
对着你冷笑森森。
那是烂眼蒙提祖玛二世③的黄脸，
盯着你恶狠狠。

"那乌青的火舌
在他金字塔的四围燃烧着，
那高大的龙舌兰
即使飓风也不能将它们撼动摧折。

"哦，维奇洛波奇特利④，复仇者，

①哈布斯堡皇帝菲力普的妻子，在其丈夫死后发了疯。
②即玛丽·安托瓦内特，法王路易十六的妻子，亦为哈布斯堡王室成员，1793年被
送上断头台。
③蒙提祖玛二世（1466—1520），墨西哥阿兹特克人的第九代皇帝，因向西班牙
殖民者妥协而导致阿兹特克人暴动，被暴民用石头砸中脑袋而死。
④身任太阳神和战神两职的阿兹特克神明，以下是这位神明的独白，其对于复仇
充满了渴望，于是马西米利亚诺在劫难逃。

穿过阴暗的雨林，你的血
已感受到那船在海上斩开的碧波，
你喊着：'来了！

"'你终于来了！野蛮的白人
毁掉我的王国，将我的庙宇打破。
啊，来吧，查理五世的子孙，
你这牺牲者。

"'你的祖先们不会恼火
也不会迁怒于我；
欢迎你，我的人儿，哈布斯堡的
另一枝花朵。

"'啊，太阳国里的夸乌特莫克①，

---

①夸乌特莫克（约1495—1524），阿兹特克人的最后一个皇帝，被西班牙人俘虏，
在受尽折磨之后，于1524年被害。上文所称"太阳国"，为阿兹特克人的天堂。

我将你亡魂的血食带来了，

哦，它便是高贵、强壮又漂亮的

马西米利亚诺①。'"

---

①马西米利亚诺（1832—1867），原名·迪南·马克西米连·约瑟夫·冯·哈布斯堡－洛林，奥地利哈布斯堡王朝成员。1862年，法国以"索债"为名，联合英国、西班牙入侵墨西哥。1864年，拿破仑三世怂恿有继承权的马西米利亚诺接受墨西哥皇位，称墨西哥皇帝马西米利亚诺一世。抵达墨西哥即位之后，马西米利亚诺一世遭到共和主义者的激烈反对，最终在1867年6月19日，被墨西哥总统胡亚雷斯下令枪杀。

秋晨的站台

哦，远处那些树的背后，
这一排车站的灯火何其困倦！
它的光线，透过淋漓着雨滴的枝叶
对着泥泞大打呵欠。

机车在眼前暴躁、凄厉地嘶喊；
低矮的天空如铅一般沉暗，
这秋日的清晨，如无尽的梦境浮现
将我们围在其间。

阴郁的车厢里，安静又茫然的人们
带着如此狂热的匆忙，
是要去何方？又为何而往？
那折磨他们的，是怎样的愁与希望？

莉迪娅，你也带着那害愁的模样
将车票递上，像是交出
你难忘的欢乐与青春的时光；

经车守粗鲁地一剪，一切成为过往。

像影子一样，沿着那串黑色的车厢
那些戴黑帽子的机工在走动，
一只手拎着昏暗的提灯，
另一只手握着铁锤，试探着敲响

那车刹，随之，一声金属的凄凉的
长响——咣当：我肝肠深处，
另一个疲惫的声响在悲痛地回荡，
如刀锯加在我的心弦上。

如声声呵斥，车门粗暴地次第关上：
最末一声短哨在月台上吹响，
像是在将我嘲弄：
雨滴发了疯，乒乒地敲打着那车窗。

这怪物的钢铁的灵魂将其自身激荡：
它大喘着，打着晃
睁开起火红的眼睛：向黑暗中
吐出一大口蒸汽，如向天示威一样，

这邪恶的怪物动了：拍打着翅膀
残忍地飞去，带走了我那心爱的女郎。
唉，那黑色面纱下的苍白的脸庞
带着告别的笑容，消逝在黑暗的远方。

哦，那玫瑰般绽放的苍白的面容，
哦，那星星般抚慰我以安宁的眼睛，
哦，那浓发下纯洁的白色的额头，
它们曾何等甜蜜地向我靠拢！

曾经，那一段欢笑的生命中，
那夏日的游戏，令温热的空气和我
颤动：我看见，那六月的欢快的太阳
以明亮的吻将你温柔的脸颊抚弄，

在你栗色的发卷上亮莹莹，
而比这阳光更可爱的，是我的梦，
它如月晕一般，带着骄傲
将你可爱的躯体环绕，如影随形。

眼前，我只能转身走着，
让自己消失，变成那风雨与晦色：
踩着醉汉的步履，紧握着自己的胳膊，
唯恐这身体已不是真的。

啊，天空在不断塌落，塌落，
凛冽、沉寂又冷清，压在我的心窝！
我觉得，所有人的世界
都停在这十一月。

多好啊，若那心死于生活者，
若这阴暗的影子，这朦胧的一切：
我渴望，渴望失去知觉
在那永恒的痴痴昏睡中沉没。

莫尔斯

——白喉肆虐时期

这瘟神自远方隆隆地飞行
来到这一家或那一家，

她阴冷至极的翅膀投下阴影，
所到之处尽是凄凉与冷清。

男人们被她吓得低下头来，
女人们的胸脯也因惊惧裂开。

卷风虽在七月里屡屡刮起，
草木葱茏的山顶却不闻声息。

树木只见其摇晃却不动荡，
林间只能听见泉水叮咚作响。

它回旋着袭来并发起攻击，
摧毁翠绿的灌丛且扬长而去。

夺去金黄的谷穗和青绿的果实，
抢走甜蜜的新娘与俊俏的少女。

它欢喜地张开黑色的羽翼，
连少年人稚嫩的手臂都被掳去。

多少新生丧于你这冷漠的女神，
你所到之家的父亲何等伤心！

曾如五月的鸟巢嘤嘤喁喁，
舍间如今再无节日的欢声笑语。

再无快活成长的孩子们进出，
也再无爱抚和喜悦的歌舞。

啊，女神，只剩晚景凄凉的老者
将你再来的号角企盼着。

在马里奥山^①上

这空气明亮又静谧，
那些杉树庄重地立于马里奥山脊，
越过灰扑扑的土地
望着台伯河，默然无语。

只见，那罗马城在安然中铺陈开去
如一位巨大的牧人，
向着圣彼得^②所在之地
将其羊群精心地驱赶聚集在一起。

你们同明亮的山冈待在一起
住在清亮的葡萄酒里，
啊，太阳照耀的朋友们，你们笑得多甜蜜，
可我们却要在明日一早死去。

①马里奥山是罗马城西北角的一座小山。
②彼得为耶稣十二门徒之一，基督受难后在罗马等地传教，于公元64—67年期间，在尼禄运动场蒙难。公元326年，这一运动场被改建为圣彼得大教堂，现为梵蒂冈教廷的标志，也是世界上最大的教堂。

只剩下那荣耀亘古的月桂树枝
自林间发出香气，
拉拉杰，它那微弱的光芒
顶戴于你棕发的额际。

诗歌如思想一般张开了它的羽翼，
以我愉悦之杯和香甜的玫瑰，
它匆匆地开过冬季
随后便枯萎凋去。

明日，我们将死去，
如我们所爱之人尽已在昨日死去。
自那情感与记忆里抹去，
连其渐行模糊的痕迹也终将消失。

我们将死去；
然而，这万物苏生的太阳将始终照着大地，
每一个瞬息，
都有千百计的新生如火星腾起。

于是，又有焕然新生的爱意

又有从头再来的挣扎，充满于这生命里，
向着那未来的神祇
将新歌唱起。

啊，方生者，
你们将接过我们手上的火炬，
虽然你们也不免要逝去，
但人群却终将带着这希望，走入永恒里。

再见啦，生命的祖居，再见啦，大地，
再见啦，我短暂的思想里的母亲！
多少荣耀与痛苦，跟随你
永恒不息地围着太阳转来转去。

由赤道至两极，
在它所给予的光与热里
人类将永恒延续，
男男女女。

你们笔直站在山脚的墟落里，
而那业已死去的黑树林，正以其

乌黑的眼睛，从永恒的冰川上将你们注视，
而太阳，正在坠下去。

夏日的梦①

荷马，在炎热的战斗的午间，你的诗篇将我打垮。

我在斯卡芒德罗河②之岸的梦中沉睡，

心却向着第勒尼安海③之滨溃退。

梦吧，梦见这新时代的安息。

抛开那故纸，这房间照耀在七月的阳光里，

卵石路上的车轮声从城中隆隆离去，

豁然开朗，那故乡的山冈又宛然眼前，

那熟悉的鲜花遍野的四月的山冈，一如在幼年。

山坡的雨水汇成溪流，欢腾而下。

我那依然年轻健美的妈妈，

沿着这溪流，那被她牵着的小小儿郎一头金发

走得那般自豪，这母爱的美好

以及那洋溢在愉快的自然中的节日的氛围，

让他的心情无比美妙。

①此诗写诗人在一个夏日午间，读着荷马史诗睡去，梦见母亲和兄弟在复活节前夕登山的情景。
②今土耳其境内的一条河流，其流经《伊利亚特》一诗的背景地点——特洛伊平原。
③地中海的一个海湾，由亚平宁半岛西海岸、科西嘉岛、撒丁岛、西西里岛环绕而成。

城堡里的大钟，

正在昭示着基督翌日将回归他的天空；

而春天的气息，

如一缕吹过山巅、平原、树尖与海岸的微风；

有粉红的桃花，有雪白的苹果花，

青草之上还开着黄花与蓝花，

山上与山下，长满红色的三叶草，

金色的鹰爪豆带着水汽生长在阴影中的山坳，

海风如此清凉，

吹送花儿的芬芳；

四朵白帆，如摇篮晃动在阳光照耀的海面上，

海、天与大地交汇成一片白茫茫。

这一切都照着阳光，我那年轻的妈妈站在那里观望。

我看着她和我的兄弟，若有所思，

他们悉已睡去，一者在鲜花烂漫的阿诺河岸上①，

一者在卡尔特修道院那庄严的人头像柱底②；

我的心还在思量，

一阵风吹过，我的痛苦

便又从那以往的美好时光回到身旁。

———————

①诗人的哥哥葬在这里。
②诗人的母亲葬在这里。

那亲爱的影子、快活的记忆，已随着梦儿散去。

月桂向窗内房间里俯视，

它的细叶子正生气勃勃地摆来摆去。

写在罗马的建城纪念日^①

你四月的鲜花，曾亲眼看见
罗慕路斯的犁头
将那荒凉的平原披斩，
你的城垣亦随之在田垄间出现。

罗马，多少个世纪的时间，
四月的太阳向你问安，
一生的故园，意大利的花环，
你何其伟大而庄严。

虽然，不再有四匹得胜的白马
连辔走过那神圣的大道，
也不再有沉默的少女，
跟随着教皇登上那坎皮多里奥，

但是，更其荣耀，
你荒废的广场^②仍然屹立未倒；

---

①罗马城纪念日是意大利的民间传统节日，在每年的4月21日。
②即古罗马的市政广场，位于市中心区，神庙、教堂、祭坛、市场等遗迹也集中于此。

力量，秩序与和平
将罗马人一如往昔地光照。

哦，罗马，何其神圣！
那不景仰你的人如迷失在夜雾中；
在他亵渎的心里
生长着野蛮芜杂的草丛。

哦，罗马，何其神圣！
美丽的母亲，我愿意俯首哀容
亲吻你每一处残破的印记
在那广场的废石堆中。

因为你，我在意大利出生，
因为你，我成为诗人，看护灵魂。
你的名字将世界唤醒，
你为意大利带来美好的名声。

向着你，这意大利回归传统，
向着你，统一与自由得以形成。
她躺卧在你的怀抱中，

注视着你那雄鹰一般的眼睛。

从沉寂的广场，群山如故事一般
在你大理石的手臂间绵延，
向使你自由的意大利
将那些拱门与廊柱一一指点，

它们不再将从前的胜利企盼，
不再等候恺撒诸君王们凯旋，
不再有战俘
绑在他们雪白的车辕。

不了，意大利人，它们今盼望着
你们的胜利，当踏着
那倒掉的杖与轭，以冷静的和平
给所有人以自由的解脱。

哦，意大利，哦，罗马！
那日，那荣耀且荣耀至极的赞歌
将在这广场上回荡着，
如霹雳在晴空下经久不绝。

下　雪

这雪花自灰暗铅沉的天空缓缓坠地，
城中一切呼喊与嘈杂之声已尽行消匿，

不闻车轮滚滚与菜市场的喧嚣，
也不闻青年男女那欢快的爱之歌曲。

钟声在广场上暗哑沉闷地响起，
如同另一个遥远世界的声声太息。

一只迷途的鸟儿撞着我的窗玻璃，
如故人的魂魄前来催促我离去。

久候了，亲爱的伙计，"不屈的心呐，莫要焦虑。"
我这就要归于沉寂，睡在那阴暗里。

有韵或有节奏的诗

皮埃蒙特①

羚羊们在参差、闪亮的山巅跳跃：
雪块随之崩落，
伴着雷鸣的巨响
将沿途的树木压弯或摧折。

而碧空如此静默，
一只逡巡的苍鹰缓缓飞进视野，
它阴暗又庄严的航迹
在太阳下回旋着。

哦，皮埃蒙特！
如你英勇的人民那史诗般的战歌
却将一支悲凉的曲子和着，
那溪水流下山坡。

它飞快地向下骋犁，

①意大利十二个大区之一，位于其国土西北部，与法国接壤，意大利的统一运动
即由此发起。

193

像你的上百个营旅一样勇敢，

它奔向城镇和村落

将你的荣誉诉说：

高贵的城墙为老奥斯塔①披上斗篷，

阻住了野蛮人的远征，

她那威严的拱门

高倨于那些蛮族府邸的头顶；

美妙的伊夫雷亚②那玫瑰红的塔顶

投映在蓝色多拉河的明镜中，

而阿尔杜伊诺③的幽灵

在她的阴影里徘徊个不停。

那比埃拉介于平原与群山之间，

她所借以夸耀的

是眼前丰美的谷地一片

以及她的犁与铸剑炉的滚滚浓烟。

---

①意大利城市，为瓦莱达奥斯塔大区的首府。
②皮埃蒙特大区的一座城市，多拉河流经此地。
③阿尔杜伊诺（955—1014），伊夫雷亚侯爵，1002年在一些小封建主的支持下
成为意大利国王，以对抗大封建主和亨利二世皇帝。

那库内奥①坚韧又强健，

那蒙多维②坐落于缓和的山坡草甸，

阿莱拉莫③曾炫耀着它的城堡，

以及那美酒的出产。

苏佩尔加④如胜利的王冠一顶

加着于荣耀的都灵⑤，

阿尔卑斯山环绕且将其歌颂的

是阿斯蒂⑥的共和国境。

她在哥特人的屠戮⑦中重生，

她在弗里德雷克⑧的烈怒下得胜，

如今，她奔流的大河

---

①埃蒙特大区库内奥省的省会。

②库内奥省的一个农业城镇。

③阿莱拉莫（1876—1960），意大利作家，原名莉娜·法乔，其于1907年写成小说《一个女人》，为其代表作品之一。

④都灵的一个近郊小镇，有撒丁王之墓。

⑤皮埃蒙特大区的首府。

⑥皮埃蒙特的一座城市，盛产葡萄酒，市内有很多中世纪建筑。

⑦指历史上东哥特人对意大利的侵略和迫害。

⑧即神圣罗马帝国皇帝腓特烈一世（1122—1190）。

又为你献上阿尔菲耶里^①新的歌声。

那位伟大的诗人走上前，
他有雄鹰的模样和雄鹰的名字：
他飞临那大地，不停地狂烈呼喊，
"意大利，意大利"，

他对着那从未听过的耳朵，
对着那松弛的心、沉睡的灵呼喊；
"意大利"，拉文纳^②与阿尔夸^③的
坟墓也如是呼喊。

他飞越这半岛上所有黑暗的墓园，
一切冢中枯骨磔磔作响，
渴望拾起从前
他们用以战斗、借以死亡的刀剑。

①阿尔菲耶里（1749—1803），意大利剧作家，生于阿斯蒂市，其以启蒙主义的自由精神，著有二十一部悲剧，1789年法国资产阶级革命时期，他在巴黎著有《打到巴士底狱的巴黎》一诗。
②艾米利亚·罗马涅大区拉文纳省的省会，为文化名城。
③帕多瓦省的一个城镇，诗人彼特拉克在这里度过晚年，并埋葬在这里。

"意大利，意大利"，
死人们呼喊着站起，如临大敌；
看呐，一位国王拔出宝剑，
他面色苍白、心跳不已，

全不像已死去。哦，这奇迹岁月，
哦，这临到我们土地的春日，
哦，这时日，这鲜花遍野的
五月的最后的日子，

哦，这意大利旗开得胜的欢呼，
皆给我的心脏以血气方刚的激励！
曾几何时，我于
意大利的大好时光中幻想沉溺，

今日韶华已去，我却要为你，
我青葱岁月的王者，
我被亵渎、恸哭着的身披麻衣、
仗剑骑马、使徒心肠的王者，

意大利的哈姆雷特，献上这赞曲。

在皮埃蒙特的铁与火里，
奥斯塔的攒击与库内奥的勇气
令敌人熔化如蜡滴。

奥地利人仓皇逃离，
最后一声炮鸣也随之渐行消逝：
向着那白昼的太阳坠落之地，
那位王者打马西去；

那些满面烟垢、大获全胜的骑士
也纷纷策马追上前去，
他展开一卷纸大声对他们读着，
"佩斯基埃拉^①是我们的。"

在满怀种族骄傲的胸膛，
萨伏依那美丽的旗帜高高飘扬，
一个振聋发聩的声音在回荡，
"万岁，意大利的君王！"

迎着那通红的夕阳，

_____

①米兰附近的一个市镇。

伦巴第平原上燃起明亮的火光；
维吉尔的湖泊颤抖着，
如一位年轻新娘，

她的面纱为那定情之吻而撩动。
然而，那王者却无动于衷，
他在马背上面色苍白地凝视前方：
特罗卡德罗①在那里投下阴影。

他将之视作自己失败的国境，
那迷雾中的诺瓦拉②，那波尔图③城。
哦，杜罗河④畔的王宫，
你孤零零掩映在高大的栗树丛中，

倾听着大西洋的澎湃之声，
在你鲜活的溪水旁，
盛开着娇艳的茶花一丛丛，
可是，你却发出何等凄凉的哀鸣！

①西班牙的一个要塞城市，1821年革命时被大联盟远征军摧毁。
②皮埃蒙特大区诺瓦拉省的省会。
③葡萄牙的一座城市。
④横贯西班牙和葡萄牙的一条河流。

他倒下来：一切知觉濒于告终，
在那往生的曙光里，
他看见了一幅美妙的幻景：
一位金发尼斯水手①

一马当先冲下贾尼科洛②的山顶
前去抵挡高卢人的暴行：
环绕着他，意大利英灵们的鲜血
如烈日下的火焰熊熊。

一滴泪水从那将熄的眼里滑落，
一个微笑于其中闪过。
随之，有一队幽灵自天庭降临
将这死去的王者拥簇。

桑塔罗萨家的桑雷托③，

---

① 指朱塞佩·加里波第。
② 罗马市的一座小山，位于梵蒂冈附近，山上有加里波第的骑马铜像。
③ 桑塔罗萨·桑托雷（1873—1852），意大利爱国者，1821年3月，皮埃蒙特立宪革命时期任临时政府战争部长，后被流放。

在亚历山大里亚举起三色旗帜的

他是第一个，葬在那皮洛斯①，

哦，皮埃蒙特，他带领他们向上帝

致以卡洛·阿尔伯托②的安魂演说。

"主啊，求你安息

这与我们为敌、祸害我们的王者，

这我们为之色变的王者：

"如今，我们都为这意大利死了。

求你将我们的土地向我们归还，

向那伤者与亡者，

向那朽烂于平原中的血，

"向那笼罩于王宫与民舍

同样悲痛的哀愁，啊，上帝，

向那我们为荣耀所做过的一切，

---

①希腊的一座城市。

②卡洛·阿尔伯托（1798—1849），撒丁王，即上文不断所称的"王者"。1821年
革命时，卡洛参加大联盟远征军并征服特罗卡德罗，随后走向反动，但又同奥地利
占领军进行过艰苦的斗争，因此，诗人对他的态度是有褒有贬、爱大于憎的。

向这眼前的牺牲者，

"向这勇敢的、祈求的土灰，
向这欢喜的天使的队列，
归还他们的国；向意大利人
归还他们的父母之国。"

致安妮

我以一束幽蓝的花儿叩响你的门庭，
哦，安妮，它多像你的眼睛！

看呐，颤抖的阳光微笑着轻吻云层，
"云儿啊，你快快游移飘动。"

听呐，清风自山上将白帆轻轻吹送，
"帆儿啊，你快快乘风航行。"

瞧呐，鸟儿从碧空里飞入桃花丛中，
"花儿啊，你快快绽露芳容。"

那永恒的诗神也来到我衰老的心中，
"心儿啊，你快快欢呼跳动。"

它谦卑地凝望着你女神一般的眼睛，
"甜蜜的姑娘，快快唱起你的歌声！"

阿尔卑斯山间的正午

以光裸的花岗岩与皑皑的冰川
阿尔卑斯山陡立而起，
在静谧的正午
将这荒凉寂寞的气息带到人间。

阳光穿过其枝叶
那一片笔直挺拔的松杉
正聆听着从岩石上流过的清泉
叮咚如琴声一般。

圣塔本迪奥①

天空如钻石一般晴朗，
阳光穿过深渊
照着阿尔卑斯的冰川，
一如爱照在人们心上。

田舍的炊烟袅袅而上，
在萧萧草木间
被微风吹向蓝天，
马德西莫河便在这翠玉中流淌。

哦，圣塔本迪奥，人们穿着朱红衣服
下山来庆祝你的节日。他们
谈论着这亲爱的河流，这些白杉树。

我心里的欢笑竟也来自这山谷？
我的心呐，平静吧，我的心。
啊，生命如此短暂，世界多么迷人！

①伦巴第大区的一个城镇，得名于一位叫作塔本迪奥的神父，他被封为该镇的守护圣徒。

在卡尔特修道院

周围尚是一片绿色，
一枚金合欢的叶子便已飘落。
虽然没有风，它却
像被灵魂附体般轻轻颤抖着。

银色浓雾笼罩着呜咽的小河，
它带走了那枚落叶。
墓园中的杉树在轻声叹哦，
究竟是为什么？

太阳蓦然出现在潮湿的清晨，
在蓝田与白云间踱步而过。
小树林也露出笑靥，
它知道冬季就要来了。

我的灵魂的冬天就要来了，
哦，神圣的光的笑靥！
神圣的诗行，荷马父亲的歌，
这阴影已包围了我！

加比^①小酒馆的女主人

绿油油的山峦，空气多么新鲜，
金色的阳光照耀在清晨的杉树林间。

鸟儿的歌声婉转，一条小小的山涧
落入尼埃尔河^②两岸。

一处白色小酒馆。女主人带着笑脸
站在门边，将明亮的酒浆斟满。

自我游侠与爱情的梦幻里面
若干人物开始在这山谷中一一浮现。

①瓦莱达奥斯塔大区的一座小镇，位于伊西梅镇附近。
②加比镇附近的一条小河流。

附录一　卡尔杜齐年表

1835 年　7 月 27 日,出生于意大利托斯卡纳西北的卡斯特尔罗。

1843 年　卡尔杜齐跟随父亲学习拉丁文,他喜欢阅读荷马、维吉尔、塔索、阿尔奥斯托等人的作品,其中让他最着迷是史诗和讽刺诗。

1848 年　创作处女作十四行诗《致上帝》。

1849 年　全家搬到佛罗伦萨居住,初次入学是在庞亚里教会学校读书,并且在第一次考试中就取得了优异成绩。同年,创作抒情十四行诗《致母亲》《生命》。

1850 年　开始创作《青春的诗》。

1853 年　受巴尔索蒂尼神父的赏识和推荐,就读于比萨高等师范学院。

1854 年　编辑教学用的意大利诗选《群众的心声:宗教、道德与爱国诗选集》。

1855 年　从比萨高等师范学院毕业,专程到彼安卡斯太奈欧向父亲报喜，并于此陶冶身心，协助父亲防治霍乱，帮助县政府草拟保健规章。秋末冬初回到比萨后，和朋友陶尔推出《意大利抒情诗集》，并顺利通过校长资格考试，得以在学校开课讲授中古时期的骑士诗。

1856 年　度过一个安静而舒适的假期，期间他一面从事诗歌创作，一面和佛罗伦萨的好友写诗攻击浪漫主义。

1857 年　出版《有韵的诗》，包含 25 首十四行诗、2 首民谣和 1 首挽歌。同年秋，定居佛罗伦萨，不再担任国家机构的工作人员。哥哥自杀后，为了解决家庭经济问题，担任编辑工作。

1858 年　与孟妮绮茜结婚，同年，父亲病逝。

1859 年　到庞斯托亚中学任教。

1860 年　经内阁成员麦米安尼推荐到博洛尼亚大学任教，主讲修辞学，此后一直在此工作。

1863 年　参加共和党举办的晚宴，和马志尼交换地址，被人举报，受到短期停职的处分。同年，完成著作《撒旦颂》《青春的诗》。

1868 年　《或轻松、或严肃的诗》收录于意大利国家版第二卷。

1871 年　出版由《十周年》《或轻松、或严肃的诗》《青春的诗》等三部诗集组成的《诗集》一卷。

1872 年　出版《新的诗》选本。

1873 年　出版《新的诗》。

1876 年　当选共和党国会议员，但因为教授职称的限制而未能上任。

1877 年　出版《野蛮的诗》第一集和《新的诗》。

1878 年　创作赞美意大利王太后的诗歌《致意大利女王》，引发读者争议。

1882 年　《野蛮的诗》第二集出版。

1883 年　发表长诗《怒潮》。

1884 年　发表《声明与战斗》。

1886 年　再度参加国会议员选举，落选后担任博洛尼亚市议员，任期 4 年。

1887 年　出版《新的韵诗》。

1889 年　出版《野蛮的诗》第三集。

1890 年　由于在文学与政治两个领域的声望，被任命为参议员。

1891 年　因为担任保皇协会的参赞，被有共和倾向的学生在示威中打伤，之后就少有文学活动。

1899 年　《有韵或有节奏的诗》收录在意大利国家版第四卷。

1901 年　出版自编诗选《卡尔杜齐诗集》。

1902 年　出版《麦丁诺城堡》。

1905 年　出版自选散文集《卡尔杜齐散文集》。

1906 年　作品《青春的诗》获诺贝尔文学奖，成为第一位获得诺贝尔文学奖的意大利人。

1907 年　在意大利博洛尼亚逝世，享年 71 岁。

1909 年　《卡尔杜齐全集》出版，总计 20 卷。

附录二　诺贝尔文学奖大系书目

1901 年	苏利·普吕多姆（法国）	《孤独与沉思》
1902 年	特奥多尔·蒙森（德国）	《罗马史》
1903 年	比昂斯滕·比昂松（挪威）	《挑战的手套》
1904 年	何塞·埃切加赖（西班牙）	《伟大的牵线人》
1904 年	弗雷德里克·米斯特拉尔（法国）	《米赫尔》
1905 年	亨利克·显克微支（波兰）	《你往何处去》
1906 年	乔苏埃·卡尔杜齐（意大利）	《青春的诗》
1907 年	拉迪亚德·吉卜林（英国）	《丛林故事》
1908 年	鲁道夫·奥伊肯（德国）	《人生的意义与价值》
1909 年	拉格洛夫（瑞典）	《尼尔斯骑鹅旅行记》
1910 年	保尔·海泽（德国）	《骄傲的姑娘》
1911 年	梅特林克（比利时）	《青鸟》
1912 年	霍普特曼（德国）	《织工》
1913 年	泰戈尔（印度）	《新月集·飞鸟集》
1915 年	罗曼·罗兰（法国）	《约翰·克利斯朵夫》
1916 年	海顿斯坦姆（瑞典）	《查理国王的人马》
1917 年	彭托皮丹（丹麦）	《天国》
1917 年	耶勒鲁普（丹麦）	《明娜》
1919 年	卡尔·施皮特勒（瑞士）	《伊玛果》
1920 年	汉姆生（挪威）	《大地的成长》
1921 年	法朗士（法国）	《泰绮思》
1922 年	贝纳文特（西班牙）	《不该爱的女人》

1923 年	叶芝（爱尔兰）	《当你老了》
1924 年	莱蒙特（波兰）	《农夫》
1925 年	萧伯纳（爱尔兰）	《圣女贞德》
1926 年	黛莱达（意大利）	《邪恶之路》
1927 年	亨利·柏格森（法国）	《创造进化论》
1928 年	温塞特（挪威）	《新娘·女主人·十字架》
1929 年	托马斯·曼（德国）	《布登勃洛克一家》
1930 年	辛克莱·刘易斯（美国）	《巴比特》
1931 年	埃里克·卡尔费尔德（瑞典）	《荒原与爱情》
1932 年	约翰·高尔斯华绥（英国）	《福尔赛世家》
1933 年	伊凡·亚历克塞维奇·蒲宁（俄罗斯）	《阿尔谢尼耶夫的一生》
1934 年	路易吉·皮兰德娄（意大利）	《六个寻找剧作家的角色》
1936 年	尤金·奥尼尔（美国）	《进入黑夜的漫长旅程》
1937 年	马丁·杜·加尔（法国）	《蒂博一家》
1944 年	约翰内斯·延森（丹麦）	《希默兰的故事》
1945 年	加夫列拉·米斯特拉尔（智利）	《葡萄压榨机》
1946 年	赫尔曼·黑塞（瑞士）	《荒原狼》
1947 年	安德烈·纪德（法国）	《窄门》
1949 年	威廉·福克纳（美国）	《喧哗与骚动》
1954 年	海明威（美国）	《永别了，武器》
1956 年	希梅内斯（西班牙）	《小毛驴与我》
1957 年	加缪（法国）	《局外人》
1958 年	帕斯捷尔纳克（苏联）	《日瓦戈医生》